理事長様の子羊レシピ

「も、もう、許してくださいっ」

　さっきから何度も頼んでいるのに、滝沢は涼しい顔で優貴の痴態を眺めているだけだ。

理事長様《りじちょうさま》の子羊《こひつじ》レシピ

名倉和希《なくらわき》

ILLUSTRATION
高峰顕《たかみねあきら》

CONTENTS

理事長様の子羊レシピ

◆
理事長様の子羊レシピ
007
◆
愛と苦悩の温泉レシピ
123
◆
子羊の学食レシピ
231
◆
あとがき
252
◆

理事長様の子羊レシピ

純白のテーブルクロスがかかった楕円形《だえん》のテーブル。きらびやかな銀のカトラリーが整然と並び、真ん中には大きなケーキが乗っていた。チョコレートで『Happy Birthday　YUKI』と書かれているからには、このケーキは優貴《ゆき》の誕生日を祝うためのものなのだろう。

生まれてこのかた、優貴は自分のための一ホールのケーキなど見たことがなかった。

「すごい……」

感動に目を潤ませて、正面の席に悠然と座っている男を見遣る。日本人離れした長身にオーダーメードのスーツを着た偉丈夫は、テーブルに肘《ひじ》をつき、そこに顎《あご》を乗せて優貴をじっと見つめていた。

ケーキに目を輝かせたところをしっかり見られていたらしい。まっすぐな視線には揶揄《やゆ》の色は含まれていなかったが、優貴は恥ずかしくて顔を伏せた。

「どうした？」

どうもしていない。ただちょっと恥ずかしいだけ。

男の一度も染められたことのなさそうな黒々とした髪は長めで、緩くウェーブがかかっている。前髪の間から、黒くはっきりとした眉《まゆ》がのぞいていた。その下の目はくっきり二重で、漆黒の瞳《ひとみ》は獰猛《どうもう》な獣のような生命力を感じさせる光を放っている。

頭上のまぶしい輝きを放つシャンデリアよりも、もっとずっと目映くて神々しくも見える、優貴の恩人であり崇拝の対象でもある男だった。

滝沢日吉《たきざわひよし》、三十五歳。優貴が在籍している私立滝沢学院大学の理事長を務めている。

その魅力的な容姿と圧倒的な存在感で、大学中の女子学生を魅了させ、男子学生からは尊敬を集めていた。

たまにしかキャンパスに姿をみせない滝沢を一目見ようと、生徒たちがどんなに必死になって情報を集めたり見張りをたてたりしているか、優貴はよく知っている。

その滝沢が、優貴ひとりのためにこの席を設けてくれて、まさに天にも昇る心地とはこのことだと思った。

「あ、あの、滝沢理事長……」

「学園の外で理事長はやめろ。日吉でいい」

「えっ、そんな、まさか、理事長を名前で呼び捨てなんてできません」

「できなくても、しろ」

困難なことを命じられ、優貴はあわあわとうろたえる。

生まれながらの貧乏人である優貴とは正反対の育ちをした滝沢は、人に命令することに慣れているらしい。

滝沢に上から言い放たれると、優貴などは従わなくてはならないような気にさせられるから不思議だ。根っからの庶民である優貴は、横暴だなんだと抗議する前に、どうやったらそのとおりにできるか考えてしまう。

「あの、じゃあ、日吉さんと呼ぶのはどうでしょう」

「……しかたがないな。それでいい」

鷹揚《おうよう》に頷《うなず》いてもらえ、優貴はホッとする。

「えと、日吉さん」

「なんだ」

「このケーキは、僕のために用意してくれたんですか？」

「そう書いてあるだろう。読めないのか」

「いえ、読めます。はい」

優貴は慌てて頷き、もう一度、YUKIというローマ字を見る。誕生日を覚えていてもらっただけでもうれしいのに、こんなケーキまで用意してもらえて、滝沢の自宅に招待されるなんて——。

きらきらと眩《まぶ》しいテーブルが涙で潤んできてしまう。

「あ、ありがとうございます……。うれしいです。すみません、僕のために…こんな…」

「うれしいか、そうか」

うむ、と滝沢は頷いている。

「小玉《こだま》優貴、二十歳の誕生日おめでとう」

滝沢がフルートグラスを手にとって掲げたので、優貴もならってグラスを持った。

グラスにはシャンパンが入っている。細かな気泡が底からゆらゆらと上っていて、とても美しい。

優貴にとって、生まれてはじめてのアルコールだ。

優貴は緊張しながら一口飲む。

「……？」

なにか変な味がしたような気がする。シャンパンなんて飲んだことがないから、おかしいと思ったのかもしれない。すこし苦かった。

でもそんな失礼な感想は言えないから、「どうだ？」と聞いてきた滝沢には「おいしいです」と笑顔で応《こた》え、一口ずつ味わうようにして飲んだ。

それから、給仕係によってきれいに切り分けられたケーキを食べた。純白の生クリームはこくがあってたまらなくおいしく、スポンジもふわふわで口の中でとろけるようだった。

ケーキを一切れ食べ終わるころには、フルートグラスのシャンパンを飲みほしていた。

滝沢は甘いものが苦手らしく、ケーキを食べることなく、ただ優貴の様子を眺めている。

「やっと二十歳になったな、優貴」

滝沢にはじめて名前を呼び捨てにされ、優貴はドキッとした。

「この日を待ちわびていた」

滝沢がしみじみと呟《つぶや》いたので、優貴は空のグラスを持ったまま「？」と首を捻《ひね》る。

「野々垣《ののがき》に、二十歳になるまで待てと言われていたからな」

「野々垣さん、ですか？」

いつも滝沢の影のように付き従っているクールな男を思い浮かべる。滝沢が太陽なら野々垣は月というイメージだ。大学のほか、いくつも会社を経営している滝沢の秘書のような立場にあるらしい。

優貴は何度か世間話ていどにしか言葉をかわしたことがなかったので、野々垣がどういった人物かよく知らなかった。ただ滝沢の信頼を集めているということに、ちょっとばかり嫉妬《しっと》を覚えるくらいで。

「いままで、欲しいと思ったものはすべて手に入れてきた。そのためには時期を待つのもしかたがないと我慢してきたが、もう限界だ」

なにが欲しいのだろうか。なにが限界なのだろう？

「本来なら優貴が大学を卒業して、俺の支配の及ばない立場になってから手を出すべきなんだろうが、常識人ぶって手を出しあぐねているうちに、どこかの馬の骨に横から掻《か》っ攫《さら》われてしまっては元も子もない」

滝沢がいったいなににについて話しているのか、優貴はさっぱりわからなかった。

「はぁ……」

まぬけな相槌《あいづち》をうったときだった。ちゃんと持っていたはずのグラスが、するりと手からすり抜けてテーブルにごとりと落ちたのだ。

「あ、あれ…？」

中身は飲み干してあったので純白のクロスは汚れなかった。だが、どうして落としてしまったのか、優貴はなぜか力が入らなくなってきている自分の手を見つめる。

「え……」

右手だけじゃない。左手も力が入らなくなっていた。

「ど、して……？」

すぐに頭が重くなってきて、ぐらりと視界が傾いた。腰に力が入らなくて、椅子《いす》に座っていられなくなってくる。

「やっと薬が効いてきたか」

「り、理事長……？」

「名前で呼べと言っただろう」

「日吉さ……」

ついに体を支えることができなくなり、優貴はずるりと椅子から落ちた。分厚い絨毯《じゅうたん》が優貴を受け止めてくれたおかげで痛みはない。なんとか顔を上げようとしたがかなわず、霞《かす》んでくる視界の中で、滝沢が平然と優貴を見下ろしているのが見えた。

「今日から、おまえは俺のものだ」

薄れていく意識の中で滝沢が傲慢《ごうまん》に言い放つのを、優貴は頭の中を疑問でいっぱいにしながら遠く小さく聞いた。

◇

「じゅ、受験番号、四九八九、小玉優貴です」

面接会場に入り、優貴は高校の担任教師に教えてもらったとおり、丁寧に頭を下げた。とんでもなく緊張してギクシャクとしてはいたが。

顔を上げた優貴は、正面にずらりと並んだ面接官を見た。品定めするような目つきに体が竦《すく》みそうになる。

だが、びくびくしてはいけない。たとえ授業料全額免除の特待生として入学を許されなければ大学進学をあきらめるという崖《がけ》っぷちの状況だとしても、自然体ではきはきと受け答えるのがこの場での最善だ。

面接官は五人いた。長方形の机にそれぞれ書類を広げ、パイプ椅子に座っている。

（あ……）

中央に座っている男に、優貴の目は吸い寄せられた。ほかの四人よりずっと若く、雰囲気が違っている。

年齢は三十代半ばくらいだろうか。完璧《かんぺき》なハンサムではないが格好いい。目と鼻と口のパーツが大きく、派手《はで》な目鼻立ちをしていて、目に力があった。黒々とした髪は長めで、緩くウェーブがかかっている。投げ出した足がびっくりするほど長い。

横に並んでいるほかの面接官たちに比べて、着ているスーツのランクが、あきらかに高そうだった。

机に頬杖《ほおづえ》をつき、リラックスしたポーズで椅子に座っている。その格好が、まるで海外ブランドの広告写真のように絵になっていた。

（だれだろう？）

　ここにいるからには学校関係者なのだろうが、いったいどんな肩書きの人だろう…？

　その男はじっと優貴を見つめている。面接官と受験生という関係上、あたりまえといえばあたりまえなのだが、優貴はじわりと頬を熱くさせてしまった。

「こんにちは、学長の木下《きのした》です」

　右端に座る年配の男がにっこりと微笑《ほほえ》みかけてきた。小太りで頭髪が薄いところが、いかにも学長らしい風貌《ふうぼう》だ。

「四九八九なんて、縁起の悪い受験番号だと思わなかった？」

　意地悪な質問をされて、優貴は戸惑う。

「お、思いましたけど、しかたがないので…」

「ははは、それはそうだ。変なことを聞いて悪かったね。えーと、将来の夢という作文を提出してもらったんですが――」

　学長が面接らしい質問をしはじめ、優貴はあらかじめ用意してあった答えを口にする。そのあいだずっと、中央の男は無言で優貴を凝視しつづけていた。

「ところで君は、授業料全額免除の特待生を希望しているけど、これはどうしてかな？」

高校からの資料に明記してあるはずだが、学長はあらためて聞いてきた。

「あの、経済的な事情です。父が病気がちで、母だけではなかなか大変なので。僕の下に弟妹が三人もいますし」

生活していくだけで精一杯という家計を、優貴はわかっていた。高校くらいは通わせてあげたいという両親の願いから定時制高校に通い、昼間はアルバイトをしながら、なんとか四年間で卒業することができた。けれど、さらに大学もとなると、なかなか難しいのが現状だ。

滝沢学院大学のように、小玉家の通学圏内で授業料全額免除という大学はほとんどない。

この大学で特待生としての入学が許されなかったら、優貴は進学をあきらめて働くつもりだ。高校に行かせてもらっただけでもありがたいと思っている。

私立滝沢学院は小中高大までの一貫教育を売りにしており、入学金と授業料の高さで有名なところだった。だがその分、施設は充実している。各教室や講堂、体育館の設備の良さは、オープンキャンパスのときに優貴も目の当たりにして感心した。

そのうえ外観のデザインも凝っている。中世ヨーロッパの居城風の校舎は、都区内にありながら異国にいるような錯覚に陥ることができるくらい雰囲気たっぷりで、女子に人気だと聞いた。

さらに講師陣も評判がよく、この少子化の時勢でありながら、生徒数が定員割れをしたことがないことでも有名なのだ。

授業料全額免除の特待生枠は、小中高大合わせて学院でたったの一名。半額免除は三名。なにを基準にして選んでいるのかは極秘扱いだが、学院を運営している幹部たちが話し合って決定しているらしい。

現在の在学生の中では半額免除が二名いるけれど、全額免除は一人もいない。

優貴が希望しているのは全額免除だ。そうでなければ合格しても通うことはできない。

狭き門であることは承知している。

「理事長、なにか質問は？」

学長がそう話を振ったのは中央に座る若い男で、理事長だったのかと、優貴はびっくりした。

「………君は、もし特待生として入学を許されたら、どうする？」

男の声は、背筋がぞくっとするようなセクシーな響きを持つ低音だったが、声にどぎまぎしている場合じゃない。さっさと質問に答えなければ。

どうする、とは？　理事長はいったいなにを聞きたいのだろう？

「あの、もし入学できたら、勉強を頑張りますし、もし学院のために働けと言われたら、一生懸命なんでもやるつもりです」

「なんでも？」

男の眉がぴくりと動く。

「はい、なんでも、僕にできることなら」

「そうか………」

なにかに納得したのか、理事長はひとつ頷いたきり黙ってしまった。

いまの答え方でよかったのかどうか、その反応ではぜんぜんわからない。「間違っていましたか?」なんて図々《ずうずう》しく聞くこともできず、優貴はおろおろした。

理事長が黙ったのでこれで質問は終了だと学長は判断したのだろう、「以上です。次の受験生を呼んでください」と優貴に告げた。

「あ、ありがとうございました」

深々と一礼して面接会場を出ると、廊下でホッと息をついた。

「理事長……」

素晴《すば》らしい美声の、強いまなざしを持つ若い理事長のことが脳裏から離れない。

あんな人が理事長だとは知らなかった。優貴が知らないだけで、もしかしたら有名なのだろうか。

だから滝沢学院大学は定員割れを起こしたことがないのかもしれない。

「もし受かったら……」

学園のためではなく、あの理事長のために、自分はきっとなんでもするだろう――優貴は夢のような大学生活を思い描き、胸を熱くした。

その一週間後、優貴のもとに希望通りの特待生枠の合格通知が届いた。家族全員で万歳三唱をするくらいうれしい結果だった。

そして四月、どきどきわくわくしながら臨んだ入学式が無事に終わったあと、優貴は学長室へ呼ばれた。たった一人の特待生として勉学に励み、何事にもチャレンジして頑張るようにと学長に激励された。

最後にこっそりと、「実は、合否会議で君を推したのは、理事長だったんだよ」と秘密を教えてもらった。そのときに理事長の名前と年齢を聞いた。

「あの方は創立者のお孫さんだ。若いがとてもやり手で、いくつも会社を経営されている。あまりキャンパスには顔を出されないが、もし理事長にお会いする機会があったら、感謝の言葉を忘れないように」

「はいっ」

あの人が優貴を推してくれたなんて――。

小躍りしたいくらいにうれしかった。

特待生希望の受験生は不景気なご時勢を反映してか、優貴を入れて五十人近くいたらしい。その中には優貴よりずっとずっと成績が優秀な生徒もいただろう。スポーツが得意な生徒もいたにちがいない。悪くはないが飛びぬけて成績がいいわけでもなく特技もない優貴のどこを気に入ってくれたのかわからないが、推してくれたのだ。

会いたい。会ってお礼を言いたい。

優貴は滝沢への想《おも》いだけを支えに、毎日、すこし寂しいキャンパスライフを送った。

優貴が学院唯一の特待生であることは、どこから漏れたのか、学生のほとんどが知っていた。奇異な目で見られて教室内では居心地が悪く、腹を割って親しく話をしてくれる学生はいなかった。

それに、セレブな学院らしく、ほかの学生たちはみな優雅で小遣いに困ってなんかいない。

優貴は、帰る途中の道草にカラオケボックスのスペシャルルームなんて行けないし、一個九百円もするアイスなんて食べに行けない。誘われても付き合えなかった。

さらに驚くことに学食のランチは一食千五百円もして、とても優貴には買えないシロモノだった。しかたなく家からご飯と梅干とバナナ一本という弁当を持参している。

セレブな学生たちに弁当を見られるのは恥ずかしいので、優貴は毎日昼休みになると一人でこっそり教室を抜け出し、校舎の西の端にある時計塔へ行く。

ヨーロッパの居城にはつきものの塔だが、学院では時計塔になっている。メンテナンス用に塔の内部は螺旋《らせん》階段になっていて、校舎とつながった渡り廊下部分にはドアがあり、常に施錠してあった。

塔の中へは入れないのでめったに学生は近づくことがなく、優貴は安心してドアの前でのんびりと弁当を食べることができた。

理事長の滝沢に会いたい。

すこし寂しいキャンパスライフだが、特待生に選んでもらえなかったら、いまごろは大学に通うことができず就職活動をしながらアルバイト三昧《ざんまい》だったはずだ。こうして勉学に励むことができるのは、理事長のおかげだった。

毎日毎日、会いたいと願いつづけていたからか、ある日、滝沢が学園にやってきた。

「あ、理事長よ！」

講義のあいま、校舎の窓から外を眺めていた女子学生が声を上げた。

「うそ、どこ？」

「理事長～」

優貴の想像どおり、中学部や高等部から入学した女子学生の大半は、理事長目当てのようだった。

理事長のことなど知らずに入学した学生も、結局は一緒になって騒いでいるのだから、彼の人気はすさまじい。

彼女たちの噂話《うわさ》から、優貴も色々と滝沢の情報を仕入れた。

滝沢の車は純白のロールスロイスで、もちろん運転手付き。いつも行動をともにしている右腕的存在のメガネの男は、野々垣という名前らしい。

スーツは銀座《ぎんざ》の老舗《しにせ》テーラーでオーダーしたものばかり。時計はオメガで、二十歳の誕生日に父親から贈られたもの。

些細《ささい》なことだが、知ることによって、面接会場で一度会っただけの理事長が近い存在になっていくようでうれしかった。

「理事長……ステキ…」

一番前で頬を赤らめながら身を乗り出しているのは、西井《にしい》マリ江《え》という女子学生だ。

滝沢学院の小学部からの持ち上がり生徒で、当然のことながら滝沢を何度も見かけたことがあるそうだ。外部からの入学生に、いかに滝沢が格好いいか滔々《とうとう》と語っている場面を何度も目撃した。

マリ江は小柄で身長はおそらく百五十センチくらい。体重はすこし多めだろう。色白でぽっちゃりとしている。

きれいにマスカラをのせた睫毛《まつげ》をばさばささせながら、マリ江は気持ちが高ぶってきたのか肩を上下させて喘《あえ》ぎはじめた。

「理事長、理事長……」

過呼吸で倒れやしないかと心配になってしまうが、持ち上がり組にとっては珍しいことではないらしく、だれも気にしていない。

「こっち向いて、理事長─っ」

「野々垣さんもステキ」

野々垣のファンもいて、あからさまな黄色い声が飛んでいる。

女子学生たちが窓際にずらりと並び口々に熱い想いを訴えている後ろから、優貴も背伸びをして滝沢を眺めた。

車から校舎の玄関までの、ほんの二十メートルという短い距離を颯爽《さっそう》と歩いていくところしか見えなかったが、やはり独特のオーラを感じる。スタイルのよさも際立っていた。半歩下がって付き従っている野々垣もスタイルは悪くはないが、全体的に線が細くて優貴には頼りなさげに見えてしまう。

滝沢が校舎の玄関から入っていってしばらくたったころ、学長が優貴を呼びにやってきた。

「小玉君、いますぐ理事長室まで行ってくれないか」

「えっ、理事長室ですか？」

優貴が驚くと同時に、それを近くで聞いていたほかの学生たちも驚いていた。ちらりと見えたマリ江は啞然《あぜん》としている。

「でも、次の講義が……」

「私の方から担当講師に話を通しておくから大丈夫。出席扱いにしてもらうから」

「そんなことができるんですか？」

「ほら、早く」

急《せ》かされて理事長室へと急いだ。

特待生だからなにか特別な話でもあるのだろうか。呼び出された理由はわからないが、合否会議で優貴を推してくれたお礼を言うチャンスだ。

理事長室の場所は知っていても、一度も入室したことはない。緊張しながらノックして、「小玉です」と名乗った。すぐに「どうぞ」と返事があり、おずおずとドアを開ける。

学長室より一回り広い部屋は日当たりがよく、正面に置かれた重厚なつくりのデスクに座る人物は背後からの陽光で顔がよく見えないくらいだった。

けれど顔が見えなくとも、そのシルエットで理事長の滝沢だとわかる。面接会場ではじめて会ったときとおなじシルエットだった。

「ようこそ、理事長室へ」

横から唐突に声をかけられ驚いて振り向くと、野々垣が立っていた。滝沢しか見ていなかったので、野々垣がいることにまったく気づいていなかったのだ。

野々垣はクールなメガネの奥の目をかすかに眇《すが》め、ソファに座るように促してきた。

優貴がソファに座ると、滝沢もデスクから移動してきて正面に腰を下ろす。テーブルを挟んでわずか一メートルほどの距離に滝沢がいる。優貴は緊張して心臓が口から飛び出そうなほどドキドキした。

滝沢は面接のときのようにリラックスした格好で背もたれに体重をあずけ、長い足を組む。長めの髪を大きな手で無造作にかきあげるしぐさが、なんだかとてもセクシーだ。

ただでさえ惚《ほ》れ惚《ぼ》れするようなスーツ姿なのに、独特の雰囲気にあてられて酔いそうになった。女子学生が騒ぐのもあたりまえかもしれない。

滝沢はなにも言わずに、ただじっと優貴を見つめてきた。猛禽《もうきん》類に似た鋭さを持つ黒い瞳には神秘的な魅力と同時に、吸い込まれてしまいそうな、不可思議な吸引力を感じる。

その瞳に囚《とら》われて、なにかおかしなことを口走ってしまいそうになるのをこらえ、優貴はとりあえず礼を言った。

「あの、理事長先生、特待生として入学を許可してくださって、ありがとうございました」

ぺこりと頭を下げ、滝沢の目を見ないように、わざとちょっとだけ視線をずらして話した。

「学長先生から、会議で僕を推してくれたのは理事長先生だと聞きました。本当に感謝しています。

おかげで滝沢学院のような立派な大学に通うことができました」

滝沢からはなにも言葉がない。

「これからも勉強を頑張ります。毎日がとても楽しくて、理事長先生にはいくら感謝しても足りないくらいです。このご恩は一生忘れません」

くっ、と押し殺したような笑い声が聞こえたような気がして、優貴は伏せていた視線を滝沢に当てた。こちらを見て片頰で笑っている滝沢と目が合う。

「恩を忘れない、と？」

「あ、はい。理事長先生は僕の恩人です」

「日本昔話みたいだな」

滝沢は俯《うつむ》いて、くくく…と小さく声を漏らしながら肩を揺らす。そんなにおかしいことを言ったつもりはなかったので、笑われたことが意外だった。

「恩ね……」

笑いの発作がいったんおさまったらしく、滝沢はひとつ息をついた。

「恩返しはなにをしてくれるんだ？」

思ってもいなかった切り返しをされて、優貴はあわあわと焦る。

「えと、えーと……僕としてはなんでもやりたいです。あの、お疲れでしたら、肩揉《かたも》みしましょうか！」

いいことを思いついたと元気よく提案したら、またもや、くくく…と笑われ、優貴はいったいどうしたらいいんだと頭を捻るしかない。

「肩揉みか。そのうちしてもらおう」

「が、頑張ります！」

さっそく今日の帰りに本屋へ寄って、ツボの本を立ち読みして勉強しようと心に決めた。

「小玉君、どうぞ、紅茶です」

野々垣が横からティーカップを差し出してきた。

「あ、ありがとうございます」

繊細なデザインのきれいなカップに銀のティースプーンがそえられて、優貴の前に置かれた。野々垣はおなじものを滝沢の前にも置く。

「冷めないうちにどうぞ」

野々垣に促され、優貴はおっかなびっくり高価そうなティーカップを手に持つ。一口飲んでびっくりした。

「すごい、おいしいです」

「お口に合ったようでよかったです」

ふっと微笑んだ野々垣に、優貴は満面の笑みを向ける。

「こんなおいしい紅茶を飲んだのははじめてです。どうやって淹《い》れたらこんなおいしくなるんですか。

僕が飲んだことのある紅茶と、全然味が違います。香りも」

「それはいつも安物を飲んでいるからだ。こいつの淹れ方が上手《うま》いわけじゃない。いちいち騒ぐな」

「え……」

かなりきつい口調で滝沢に言われ、優貴はサーッと笑顔を消した。怒らせた…滝沢を。

しょんぼりとうな垂れる。

「理事長、そんな言い方はないでしょう。小玉君、気にしないでください。ほら、おかわりはたくさんありますから」

野々垣が気を遣ってくれたが、優貴は暗く落ち込んでしまった。

「理事長、小玉君に謝ってください」

「どうして俺《おれ》が謝らなくちゃならないんだ。本当のことを言っただけだろう」

滝沢はぴくりとも表情を変えることなく紅茶を飲んでいる。

悲しいけれど滝沢は間違っていない。小玉家ではめったに紅茶など飲まないが、たまに家族の誕生日に百円ケーキを買ってきたときなどに淹れる。いつも玄米茶を淹れる急須《きゅうす》に安売りで買ってきたティーバックを二つか三つ入れ、ごく薄い紅茶を作って家族六人みんなで飲むのだ。

正式な紅茶の淹れ方は知らないが、きっとちゃんとしたティーポットに、ティーバックではなく葉をたっぷり入れて作るのだろう。

「いいんです。その通りですから。うちは貧乏だから……」

「そんなことは知っている。だから特待生なんだろう」

「理事長」

野々垣が嗜《たしな》めるように横から遮ったが、滝沢はかまわない。

「小玉の家は貧乏だ。まともな紅茶を飲んだことがないくらいに。だが、この部屋に来れば、いつでもこのていどのお茶を飲ませてやれるぞ」

「え？」

顔を上げた優貴に、滝沢はちらりと笑みを含んだ流し目をしてくる。ドキッとするほど艶《つや》のあるまなざしだった。

「またここに来いと言っているんだ。嫌か？」

「いえ、そんな、嫌なんて……。でも、いいんですか？　僕なんかが理事長室に……」

「小玉は学園にたった一人の特待生だ。時々様子を見に来る俺に近況報告をするくらい、あたりまえのことだろう」

「ぜひまた顔を見せに来てください」

野々垣にまでそう言われて、優貴は頬を紅潮させながら頷く。ついさっき滝沢の言葉に傷ついたことなど、もうすっかり忘れていた。

浮かれながら理事長室を出た優貴は、廊下の角を曲がったところで待ち構えていたマリ江に捕まった。アイラインで精一杯大きく描かれた小さな瞳できつく睨《にら》まれ、優貴は萎縮《いしゅく》してしまう。

「理事長といったいなにを話してきたのよ」

高飛車に詰問されて優貴は言葉に詰まった。

「なに……って、たいした話は……」

「だからなにを話したのっ」

「と、特待生に選んでくれてありがとうございますって、お礼を言って、それから、野々垣さんが紅茶を淹れてくれて……それだけだよ」

「それだけ？　ホントに？」

また誘われたことはなんとなく言いたくなくて優貴は口をつぐみ、頷いた。

「なんだ、たいしたことなかったのね」

マリ江は満足したらしく、優貴を解放すると足音荒く廊下を歩いていってしまう。ホッと胸を撫《な》で下ろしてから、痛いほどに掴《つか》まれていた腕をさすった。まわりにいた学生たちが、なんとなく遠巻きに自分を見ているのがわかる。まるで珍獣を見るような目だと思った。

例えではなく、彼らにとって特待生は珍獣なのだろう。そんな目で見ないでほしいと訴えても、きっと変わらない。仲良くしてほしいのに。気軽に話をしたいのに。

寂しいし、辛《つら》い。だが、選んでくれた滝沢のために、ここで挫《くじ》けてはいけない。

もっと勉強を頑張って、会議で優貴を推してくれた滝沢に恥をかかせないようにしなくては。

滝沢のことを考えると、寂しさに冷えて固まりそうになっていた体が、芯《しん》からふわっととろけそうになる。

『この部屋に来れば、いつでもこのていどのお茶を飲ませてやれるぞ』

滝沢の笑みを含んだまなざし。思い出すと、心臓がどきどきしてきて止まらない。

『またここに来いと言っているんだ。嫌か？』

嫌なわけがない。滝沢に呼ばれれば、たとえ火の中水の中といった心境なのに。

優貴はマリ江に見つからないよう、こっそりと胸を両手で押さえた。このどきどきは、だれにも知られたくない。

なぜなのかわからなかったが、優貴はそう思った。


その日以降、滝沢は週に二回ほど学園を訪れるようになり、そのたびに優貴は理事長室に呼ばれた。

たとえ十分そこそこでも滝沢と一緒に過ごせる時間は、優貴にとってかけがえのないものだった。

そんなある日――前期の半ばが過ぎたころ、唐突に滝沢が聞いてきた。

「もうすぐ、おまえの誕生日なんじゃなかったか？」

最初は「君」と呼ばれていた優貴だが、最近は気安く「おまえ」と呼ばれていた。滝沢との距離が縮まって親密度が増した気がして、優貴はうれしい。

「そうです。二十歳になります」

来週の日曜日が優貴の誕生日だ。誕生日といっても、例年、夕食後に家族みんなで安いケーキを食べるくらいだし、その日は朝から近所のコンビニでアルバイトが入っていた。

平日も大学が終わったあと、深夜まで働いている。高校時代から自分の小遣いは自分で稼いでいるので、アルバイトは特に苦ではない。小遣い以上に収入があったときは、家族の生活費のたしになることもあるから、やりがいがあった。

「その日はなにか予定が入っているか？　祝ってやろうかと思っているんだが」

「え………」

空耳かと疑ってしまうほど、意外な申し出だった。驚きのあまり硬直してしまった優貴を、滝沢は不審げな目で見てくる。

「なんだ、もう誰かに祝ってもらう約束になっているのか？」

「あ、いえ、そんなことは……」

「じゃあいいな。おまえの家にうちの車を回すから待っていろ」

「あのっ、でも僕、バイトです」

「なんだと？」

滝沢がギロリと睨んできた。思わず息を飲んでしまうほど迫力のある睨みだ。

「す、すみません。でもあの、シフトに入っているので……」

「俺の招待を断るつもりか」

「あ………」

滝沢が眉を吊《つ》り上げる。確かに、こんなによくしてもらっているのに断るなんて非常識かもしれない。でも優貴のアルバイトは小玉家にとっても重要なのだ。

「理事長、小玉君にも色々と事情があるんですよ」

野々垣があいだに入ってくれた。クールな印象でありながら、野々垣は口調が穏やかなので不思議と冷たい感じがしない。泣きそうになっている優貴の顔をそっと覗《のぞ》き込んできた。

「小玉君、夕方からだけでいいので、理事長のために空けてください。理事長がせっかく誕生日パーティーを開こうと張り切っているので、お願いします」

「……え…、夕方からでいいんですか？」

「夕食に招待するつもりだったんですよね」

振り返って確認する野々垣に、滝沢は頷く。

「それなら、なんとか……早退させてもらえるように、店長に頼んでみます」

「しかたがないな」

顔色をうかがいながらおずおずと承諾すると、滝沢はため息をつきながらも許してくれた。

よかった――。安堵《あんど》のあまり目眩《めまい》がしそうになる。滝沢に嫌われることが、こんなにも自分にとって恐怖なのだと、優貴は自覚せざるを得ない。

優貴は無意識のうちに両手を合わせ、祈るような気持ちで滝沢を見つめた。

もう怒っていない？　呆《あき》れていない？　せっかくの誘いを断ろうなんて恩知らずなことは、二度としませんから……。

「もういいから、そんな目で見るな」

「ご、ごめんなさい……」

視線が鬱陶《うっとう》しいのか、滝沢にそう言われて優貴は慌てて目をそらす。

「午後五時には車を迎えに行かせる。したくして待っていろ。いいな」

「はい、わかりました」

頷いてから、優貴ははたと気づいた。夕食の招待とは、いったいどこに連れて行かれるのだろう？　もしかして、きちんとした服装でなければ入れないような高級店だったらどうしよう。

優貴はいま安物のパーカーとジーンズという格好だ。ラフな普段着しか持っていない。誕生日のために服を買う余裕などあるわけがなかった。

そのときになってから入店を断られたり滝沢に恥をかかせたりしたくない。

どうしよう……。優貴が青くなって黙りこくっていると、野々垣が「なにかほかに問題でも？」と聞いてきた。

「あの、僕はなにを着ていけばいいんでしょうか。きちんとした服なんて、持っていないので……」

「ああ、そんな心配は不要です」

野々垣が目を細めてふっと笑った。

「そうでしょう、理事長？」

「会場は俺の自宅だ。ドレスコードはない」

ほっとした優貴だが、すぐにちがう緊張感で全身を強張《こわば》らせた。

自宅？　自分などが行ってもいいのだろうか。まさか招待してもらえる日が来るなんて、うれしすぎて目眩がしそうだ。

あまりの事態に声もない優貴を、滝沢が眇めた目をちらりと向けてきた。

「俺の家がいやなのか？」

「いえ、いえいえ、そんなことはありません。光栄です。すっごくうれしいです。ありがとうございます！」

優貴は急いで何度も何度も滝沢に頭を下げたあと、その日を夢見てぽうっとなった。

◇

まるで夢のようとは、このことだろうか——。

自宅であるアパートの横でぼんやり立っていた優貴の前に白いロールスロイスが静かに停車したとき、物陰からのぞき見ていた弟妹たちの歓声が聞こえて恥ずかしかった。

「どうぞ、小玉様」

様付けで呼ばれたのがはじめてなら、白手袋の運転手にドアを開けてもらったのもはじめてだった。

ふわふわと現実感がないままに連れていかれた滝沢の家は、豪奢《ごうしゃ》な洋館だった。

自動で開く門から車ごと敷地内に入り、くねくねと曲がる細い道を行くこと数分、きれいな噴水がある車寄せに停車した。

見事な彫刻が施された木の扉の向こうには、広々とした玄関ホール。その中央に、滝沢が立っていた。

スーツ姿だったが、学園で会うときよりずっと着崩していて、シャツは第三ボタンまで開けられ、ネクタイはしていない。ちらりと見える素肌がやけになまめかしくて、優貴は直視することができなかった。

「来たな」

すこしからかうような口調の出迎え。

「あの、今日は、ありがとうございます」

「こっちだ。ついてこい」

きちんと挨拶《あいさつ》をしようとしたのに、滝沢はさっさと背中を向けてしまう。優貴は慌ててあとを追った。

「わぁ……」

二人きりのパーティー会場には、純白のテーブルクロスがかけられた楕円形のテーブルが置かれ、きらきら光る銀のカトラリーと白磁の食器、優貴の名前が書かれたホールのケーキがあった。

信じられない。こんなに良くしてもらって、いいのだろうか。

幸福感に包まれながらシャンパンで乾杯し、ケーキを食べ、そして――優貴は昏倒《こんとう》した。


熱い――。

体が燃えるように熱い。

息苦しくて、優貴は胸を喘がせた。楽な姿勢を求めて、無意識のうちに寝返りを打とうとするが、思うように体が動かない。

「……あれ……?」

姿勢を変えることができないのは、どうしてだろう?

「あ、んっ」

押し出されるように鼻にかかった声が勝手にこぼれ落ち、意識が浮上していくとともに、体の異変に気づいた。

気持ちいい。神経を直接愛撫《あいぶ》されているような快感に息が乱れる。たまに隠れてマスターベーションするときのような、どこか後ろめたさがつきまとう、覚えのある感覚だった。

同時に、なぜか後ろに異物感がある。これはいったいなんだろう――。

「気づいたか？」

耳に届いた深みのある声に、ハッと優貴は目を開いた。視界いっぱいに飛び込んできたのは、滝沢の顔だった。

「やっと起きたな。そろそろ我慢の限界だった。このまま起きなかったら、眠った状態で突っ込んでしまうところだったぞ」

「え、え？」

「ほら、ここはいい具合に勃《た》っている」

ほらと目で示されて、優貴はおそるおそる視線を動かした。おのれの下半身へ。

「ひっ……！」

優貴は全裸でベッドに寝かされていた。添い寝をしている滝沢の手に握られているのは優貴のペニス。すでに勃起《ぼっき》して、くちゅくちゅと淫靡《いんび》な音をたてていた。

「な、なに……」

「かわいいサイズだ。俺の手のひらにちょうどいい。おまえのここはどんな形でどのくらいのサイズなのか、ずっと妄想していたが、こんなに愛らしい形状だとは思ってもいなかった」

揶揄する滝沢の声など耳に入らない。

「いや、いやぁ、やめて、離して！」

逃れようとしたが体が動かない。そこではじめて優貴は両手が頭上で拘束されていることに気づいた。

弾力のある柔らかな紐《ひも》で両手首をまとめて結ばれ、ベッドのどこかにつながれている。足はつながれていなかったが、滝沢の足に片足がしっかりと絡め取られていて外すことができない。

それでもなんとか腰を捻ろうとしたとき、脊髄《せきずい》を駆け上がるような快感に息を飲んだ。

「な、なに、なに……？」

異物感を思い出した。位置的に見えないが、尻《しり》の谷間になにかが入っている。そしてそこが燃えるように熱くなっている。目覚める前に感じた熱さはこれだった。

「なに、なにかが、後ろに……」

「ああ、これか？」

足をぐいっと広げられ、滝沢の手がそこにもぐりこむ。挿入されていた異物がぐにゃりと動かされた。

「ああっ！」

またもや駆け抜けた激しい快感に、優貴は身をのけぞらせる。

「アナルビーズだ。媚薬《びやく》成分入りの特殊なジェルを使ったから、痛くないだろう？」

滝沢がなんでもないことのようにそう言う。

「……え……ビ、ビヤクって……？」

いったいどういうことなのか、なぜ滝沢はこんなことをしているのか、さっぱりわからない。

誕生日パーティーをひらいてもらい、シャンパンを飲んでケーキを食べたところまでは覚えている。手足に力が入らなくなって、猛烈な睡魔に襲われた。そのあとのことはなにもわからない。

もしかしたら妙に苦かったシャンパンに、なにか薬が混入されていたのかもしれない。アルコールははじめてだったので、変な味だと思ったが、そのまま飲んでしまった。あの猛烈な睡魔は尋常ではなかった。

だが滝沢がどうしてそんなことを？

落ち着いて考えようにも、体に施されている刺激によって冷静になることが難しい。

「ま、待ってください、いったい……」

「おまえは今日から俺のものだ。今夜は、おまえの体にたっぷりと俺の印を刻み込んでやる」

後ろにくわえこまされているものがゆっくりと出し入れされた。

「あっ、あっ、あっ」

つぷんつぷんと粒が出され、次にはぐぷぐぷと押し込まれる。そんなことをされて気持ちが悪いはずなのに、ぞくぞくするような異様な感覚が混ざっていた。

「や、いや、いやぁっ」

こんなの知らない。こんなの嫌。

嫌なのに、どうして気持ち悪いばかりじゃないんだろう。こんなことをされてすこしでも気持ちいいなんて、おかしい。

「いや、いやです……っ、やめてぇ」

「なぜだ？　おまえのここは喜んでいるぞ。上手にビーズをくわえこんでいる」

「ちが、そんな、ちがうっ」

「ここも、俺を誘うように尖《とが》っている」

滝沢が胸に顔を伏せてきた。乳首に吸いつかれ、優貴はビクンと全身を揺らす。

「あうっ、んっ……」

柔らかな舌で乳首を押しつぶすように嬲《なぶ》られ、じん…と痺《しび》れるような感覚が広がった。扱《しご》かれつづけているペニスがぐっと反り返るようにしてさらに膨れたのがわかる。

「乳首を嬲られるのが好きか」

「やだぁっ」

「セックスははじめてだろう。なのに、こんなに反応するなんて、おまえは生まれながらの淫乱なんだな」

確信をこめて囁《ささや》かれ、優貴は泣きたくなった。淫乱？　自分が？

そんなこと思ったこともなかった。

大学生になったばかりで、日々を過ごすことで懸命だったから、だれかと深くつきあうことなんてまだ考えられなくて、だれともつきあったことがなく、もちろん童貞だった。

はじめてでこんなに感じるのは、おかしいのだろうか。淫乱なんだろうか。

「ご、ごめんなさ、ごめ……っ」

存在そのものが否定されたような気がして、優貴はおおきな目にじわりと涙をうかべた。

「淫、乱で、ごめんなさい…」

ぽろりと涙がこぼれる。その雫《しずく》を、滝沢が唇で受け止めてくれた。その唇がとても優しくて、慰められているような錯覚に縋《すが》りつきたくなってくる。

「あっ、あ、理事、長、せんせ…っ」

ぐぷぐぷと出入りしているアナルビーズは、すでに気持ち悪さを感じなくなっている。ジェルのぬめりをかきだすように抉《えぐ》られて、もう心地よさしか感じない。滝沢に扱かれているペニスは、いまにも爆発しそうなほど高ぶっていた。

淫乱なのかもしれない。こんなふうになってしまうなんて、やっぱり、この体は言われたとおりに淫乱なんだ。

「日吉と呼べと言っただろう」

「んっ、あ、日吉さ…ん」

滝沢は服を着ていたが、シャツの前はすべてはだけ、たくましい胸が露《あらわ》になっている。動くたびに素肌が触れ合い、えもいわれぬ心地よさが湧《わ》いた。

どうしてこんなことを、なんて考える余裕がどんどんなくなっていく。はじめての快楽に、優貴は溺《おぼ》れていった。

「あん、あ……んっ」

後ろで得る快感に、しだいに慣れていく。ビーズに内壁のある場所を擦《こす》られると、声が漏れるほど快感が走ることを知った。

扱かれているペニスと、弄《いじ》られている乳首の快感、すべてが融合して優貴をもみくちゃにする。

「気持ちいいか？」

その通りだが、恥ずかしくてみっともなくて答えられない。優貴はぎゅっと唇を引き結ぶ。だが滝沢は許さなかった。

「ひっ！」

ペニスの先端に爪《つめ》を立てられた。突き抜けるような激痛に、優貴は全身を硬直させる。

「質問には答えろ。優貴、気持ちいいか？」

「は、はいっ、はい」

「はい、は一回でいい」

「はい」

痛いのは怖い。ペニスに痛みを加えられたことは、優貴に恐怖を植え付けた。

「すこし萎《な》えたな」

「すみません、ごめんなさい……」

優貴は涙ぐみながら謝罪した。また痛いことをされたら、今度は失禁してしまいそうだ。

そのくらい、はじめて敏感な器官に与えられた痛みは恐ろしかった。

「痛かったか。おまえが従順ならもうしない」

「は、はい…」

こくこくと何度も頷いたが、さっきの衝撃はなかなか消え去らない。滝沢の顔がゆっくりと覆いかぶさってきた。

「優貴、すこし唇を開け」

言われるままに唇を薄く開く。そこに口づけられた。

「ん………」

はじめてのキスだった。重なってきた滝沢の唇は柔らかくて、すぐに口腔《こうこう》に舌が入ってきた。優貴の舌を探り出すと、ゆったりとした動きで絡まってくる。こういうキスがあることは知識として知ってはいても、優貴は経験がなかった。

「んっ、ん、ん……」

他人の舌の感触に最初は驚いたが、上顎や歯茎もくすぐるように舐《な》められ、とろけるような快感に、いつしか優貴はうっとりと目を閉じていた。

恐怖に硬直していた体が弛緩《しかん》していく。萎えていたペニスにふたたび熱がこもり、頭をもたげた。

「そう、それでいい」

至近距離で微笑まれ、優貴はぼうっと見惚れた。

くちゅくちゅと勃起したペニスを扱かれる。同時に後ろをビーズが出入りし、体は二つの刺激に耐えられなくなっていた。

「そろそろいきそうか？」

「あうっ」

ぐぷんと音をたてて後ろから引き抜かれる。

すぐにぐちゅっと突っ込まれ、粘膜をかき回された。

「あっ、あんっ、や、ああっ」

乳首に吸いつかれ、軽く歯を立てられる。電流に似た快感が頭のてっぺんから足先まで駆け抜け、優貴は悲鳴に似た嬌声《きょうせい》を上げた。

「ほら、いけ」

「んんっ……！」

頭が真っ白になった。びくんびくんと全身を震わせながら、滝沢の手の中に白濁を放ってしまう。

「たくさん出たな。いい子だ」

「は、あう……っ、んっ」

残滓《ざんし》を絞るようにペニスを扱かれ、感じすぎて身悶《みもだ》えさせられた。

やがて後ろから異物が抜き取られる。ほっとして涙目のまま横たわる優貴の前で、滝沢が中途半端に残っていた自分の服を脱いだ。

逞しい上半身にあらためてドキッとする。そして――引き下ろされた下着から飛び出すようにして現れた大人のペニスに、優貴はぎょっとした。

自分のものとは比べようもないサイズ。あまりの衝撃に声もない優貴に、滝沢はニヤリと笑った。

「どうした、びっくりしたか？　まあ、おまえのかわいいヤツに比べたら、ちょっと大きいかもしれないが」

「ちょっ、ちょっとじゃないです……」

「怖がるな。そのうちこれでなければダメだと言うようになる」

滝沢は獰猛に瞳を光らせながら、優貴の上に伸《の》し掛《か》かってきた。

「ほら、いまから俺をここに入れるから、もっと力を抜け」

「えっ？」

両足がぐいっと大きく広げられ、そこになにかがあてがわれた。体の位置関係からいって、当てられているのは――。サーッと頭から血の気が引いた。

「いやっ、無理、無理ですっ！」

「大丈夫だ。ちゃんと解《ほぐ》してやっただろう。たっぷりジェルも使ったし」

「できません、そんなの……」

怖くて涙が滲《にじ》んだ。だが滝沢の笑顔はそのままだ。まるで優貴の怯《おび》えを楽しんでいるかのように。

「お願、やめて、日吉さ……っ」

「泣くな。余計に熱くなる」

滝沢はエモノを前にした肉食獣のように、ぺろりと舌なめずりをする。

「ひっ……」

ぐっとそこに圧がかかった。粘液のせいで、ぬるっとそれが入りこんでくる。はじめて広げられる激痛に目の前が暗くなった。

「あ、あ、あ……」

入ってくる。熱い。痛い。苦しい。

見開いたままの目から、大粒の涙がぼろぼろとこぼれて落ちた。

滝沢が腰を揺すり上げるようにして、ぐっと奥まで侵入してくる。

「ひ……っ！」

恐怖と激痛に、優貴は意識を失った。


怖い夢をみたような気がする。

重いまぶたをぼんやりと開けて、優貴は見覚えのない光景をしばらく目にうつしていた。

ここはどこだろう。広すぎるほどに広いベッドに寝かされている。ベッドの四方は天井から吊るされた薄い布で囲まれていた。

ああ、これはちがう、天井じゃない。御伽噺《おとぎばなし》の中にしか存在しないと思っていた天蓋《てんがい》つきベッドだ。薄い布越しに部屋の様子が見えるが、重厚な雰囲気の家具が置かれ、本物の暖炉まであって驚いた。

（ここは、どこだろう……？）

起き上がろうとして、体を貫く疼痛《とうつう》に息を飲む。

「……っ、う……」

痛みの波が引くとともに、生々しい記憶がよみがえってきた。

「そうだ、僕……」

滝沢の挑むような目が一番に浮かんでくる。

熱い腕で抱きしめられ、後ろの、あんなところにとんでもないものを入れられたのだ。

行為がいつ終わったのか、優貴は覚えていない。途中で気を失ったらしい。

ここは、あのときの部屋だろう。天蓋の模様にうっすらと見覚えがある。

いつのまに着せられたのか、優貴はパジャマを身に着けていた。いろいろな粘液でぬるぬるになっていたはずの下半身は、きれいに拭《ふ》かれている。シーツもさらりとした感触で、取り替えられたとわかる。

いまは何時だろう。滝沢はどこへ？

優貴は起き上がることができなくて、時計すら探せない状態だった。姿勢をかえようとするだけで、疼痛に襲われる。滝沢に貫かれたところだけでなく、慣れない姿勢を取らされたせいか、広げられていた股関節《こかんせつ》や縛り上げられていた腕の付け根など、体のいたるところが痛かった。

しばらくするとドアがノックされ、野々垣が現れた。

「小玉君、気分はどうですか」

トレイを両手に持っている。それをベッドサイドのチェストに置き、薄布をめくって優貴を見下ろしてきた。

学園で会ったときと変わらない、整った顔にクールな印象のメガネ。優貴の身になにが起こったか、知らないのだろうか。

「食欲はありますか？　スープを持ってきました。飲んでみてください。あと、鎮痛剤と水もここに置いていきます。痛むようなら食後に服用してください」

鎮痛剤——野々垣はすべてを知っているのか。知っていてこんなに平然としていられるのはどうして。

「………理事長先生は、いまどこに……？」

とにかく滝沢のことを聞きたくて、一番に聞いてみた。自分でも驚くくらい掠《かす》れて力のない声しか出ない。

「小玉君、滝沢のことは名前で呼ぶようにと言われたのではないですか？」

「え………どうして、それを……」

「どうして私が知っているかなんてどうでもいいことです。あなたは滝沢の言われたとおりにしてください。いいですね」

きつい口調で命じられ、優貴は「はい」と頷くしかない。

「野々垣さんは、滝沢と呼び捨てているんですか……？」

理事長と呼んでいるところしか見たことがなかった。

「あなたの前では理事長と呼ぶようにしていましたから、不思議ですか？　滝沢は学園のほかにもいくつか会社を経営していますが、そちらでは私は社長と呼んでいます」

「社長……」

「滝沢とはもともと小学校時代からの同級生なんです。請われて仕事を手伝っていますが、プライベートでは理事長だとか社長だとか、そんな呼び方はしません。公私の区別はきちんとつける方なので」

ではいまはプライベートということか。

「じゃあ、あの、日吉さんはいまどこに…？」

「仕事に行っています。現在の時刻は午後一時。小玉君の誕生日の翌日です」

「えっ？　じゃあ月曜日……」

大学を無断欠席してしまった。しかも無断外泊だ。慌てて起き上がろうとしたが、やはりズキンとあらぬところが痛み、へなへなとシーツの上に戻ってしまう。

「かなり痛むようですね。薬を塗っておいたんですが、あまり効きませんでしたか」

野々垣が平坦な口調でとんでもないことを呟く。優貴の身になにが起きたのか、野々垣は正確に把握している。それだけでなく、傷ついた場所に薬を塗布したのは野々垣らしい。

カーッと顔面に血が集まり、羞恥《しゅうち》と怒りに、ふるふると全身が震える。

「あの、野々垣さん、あなたはいったい……」

「あとで傷薬を持ってきます。こまめに自分で塗ってください。きちんと治っていただかないと、滝沢が使えませんからね」

「使うって……」

あまりの言い様に、優貴は愕然《がくぜん》と野々垣を見上げる。

「あなたはおかしいと思わないんですか。こんなこと」

「滝沢が望んだことですから、しかたがありません。あきらめてください」

あっさりとそう返されて、優貴は二の句が告げない。

「ああ、伝えておくのを忘れるところでした。外泊については昨夜のうちに私がご両親に連絡しました。本日の欠席についても、私が大学に電話を入れておきました。急に体調を崩したことになっています」

まるで仕事のひとつのように、淡々と野々垣は報告してくる。

「ご両親には、当分のあいだこの屋敷で預かると伝えておきました。当然、バイトは辞めてもらいます」

「…………え？」

この屋敷で預かる？

「あの、待ってください。僕は家に帰ります。ここに留《とど》まるなんて、どういうことですか？　僕はそんな話、聞いていません」

「いま言いました。あなたは滝沢のためにこの屋敷に住むんです。バイトはしなくて結構。小遣いの心配はいりません。あなたが望めば、滝沢はいくらでも出すでしょう」

「……わけが、わからないんですけど……」

優貴の常識から逸脱しすぎた展開に、心がついていけない。野々垣があまりに平然としているから、まるで自分の方がおかしくなってしまったような錯覚に陥った。

野々垣はできの悪い子を見るように、首をかしげてため息をつく。

「あなたは滝沢の愛人になったんです。愛人の仕事は主《あるじ》の欲求を満たすこと。つまり、セックスで喜ばせることです」

「な……」

あまりの驚きに優貴は凍りついた。

いったい、いつの間に自分は滝沢の愛人になったのだろう。承諾した覚えはない。

「滝沢にはこのところ夜を共にするような相手がいなかったので、あなたが来てくれて非常に助かります。まだ二十歳で昨夜まで未経験だった小玉君にとっては慣れない行為に戸惑いも多いかと思いますが、滝沢が滞りなく日々の仕事に専念できるためには必要な存在なんです」

野々垣からは、優貴への気遣いはまるで感じられず、滝沢のことしか考えていないようだった。

「とりあえず滝沢の気が済むまで、おとなしくここにいてください。愛人という立場が、未来永劫《えいごう》続くわけではありません。私にはどこがいいのかわかりませんが、滝沢はあなたを気に入ったようです。なにも素人の学生の、しかも男の子を選ばなくともいいと思うのですが……。しかたがありません、滝沢が望んだので。まあでも、興味が薄れれば開放されると思うので、それまでです」

気に入った……興味が薄れれば解放……それはつまり、深い愛情ゆえに昨夜のような暴挙に出たわけではないということだろうか。

体を繋げる行為は苦しくて痛かったけれど、その前に気持ちよくもしてくれた。だから、男同士ではあっても、滝沢は自分のことを好きになってくれてこんなことをしたのかもしれない……と望みを持っていたのに――。

「ここがあなたの部屋です。滝沢の寝室は別ですから、あなたを抱きたくなったら訪ねてくるでしょう。ドアに鍵《かぎ》はかかりません。あなたに拒む権利はありませんので、いつ求められてもいいように、受け入れる場所は清潔に保つようにしてください」

野々垣は決定事項を述べているだけだ。

そこに優貴の意思はいっさい考慮されていない。

「この部屋はもともとゲストルームですから、バスとトイレがついています。食事はすべてここに運ばせますから、あなたは部屋から出る必要はありません」

「……ぼ、僕は、この部屋から出られないんですか」

「まさか。きちんと毎日、講義を受けてもらいます。特待生として成績は落とさないように」

「大学へ行ってもいいんですか？」

監禁されるわけではないのか。それなら隙《すき》を見て逃げ出せば――。

「ああ、ひとつ言っておきます。絶対に逃げようとは思わないでください。このまま特待生として学院に籍を置きたいのなら、滝沢には従順でいることです」

考えを見透かされたようで、優貴はびくっと肩を揺らした。

「一応、この部屋にはいくつか監視用のカメラが取りつけられています。自暴自棄になって自殺でもされたら外聞が悪いですし、セックスしている最中やそのあとに、無防備な状態の滝沢に危害を加えられても困りますから、あなたの行動はすべてチェックさせてもらっています」

「えっ」

優貴はぎょっとしてキョロキョロと周囲を見渡してみたが、一見してカメラらしきものは発見できない。よほど上手く設置してあるのだろう。

「僕に、プライバシーはないんですか……」

「ありません。愛人にはそんなものは必要ないでしょう。あなたのすべては滝沢のものです」

当然のように野々垣に断言され、優貴は目の前が暗くなった。

「ああ、ひとつ注意をしておきます。マスターベーションはしてはいけません。いま言ったように、君のすべては滝沢のものですから、髪の毛一本、精液の一滴まで、ありとあらゆるものが滝沢の所有物です。まあ、おそらく、そんな気が起こらないほどに滝沢に毎晩搾り取られるでしょうが、若さというものは侮れないものですから言っておきます」

カメラに監視されていると知っている優貴が自慰をすると、野々垣は本気で考えているのだろうか。

「わかりましたか」

「わかりませんっ」

わかるわけがない。こんなやり方、絶対におかしい。だが野々垣は冷静な目で見下ろしてくるだけで、一ミリたりとも譲ろうとしていないことは明白だ。

「小玉君、あなたは滝沢に感謝していると言いました。なんでもやると。あれはその場限りのいい加減な言葉だったんですか？」

「いえ、いいえ、そんなことは絶対に……。でも、まさか愛人とか、そういうことだなんて……僕は男だし、日吉さんより一回り以上年下の大学生です。そんなの変でしょう。まともじゃない」

野々垣は呆れたように、ひとつ息をつく。

「まともじゃないなんて、くれぐれも滝沢に言わないように。彼を怒らせないでくださいよ。あの男が本気で怒ったら、私にも宥《なだ》めることはできません。いいですね」

滝沢を怒らせたら——それは確かに避けたいことだが、だからといって監視カメラつきの部屋で愛人をやるなんて。

「でも、でも僕は……」

「もし、自分の将来がどうなってもいいと自棄になったなら、逆らってもかまいません。逃げるなり、滝沢を傷つけるなりしてみてください。ただし、滝沢は絶対にあなたを許しませんよ。一生、地下室に幽閉するかもしれません。逃げたなら、人を使って地の果てまでもあなたを探させるでしょう。あなたを逃がしてしまった監視の担当者には制裁を加えるでしょうし、さらに、小玉家の両親と弟妹たちがどうなるか――」

「ま、まさか……―」

青くなって顔を上げた優貴に、野々垣はひょいと肩を竦めた。

「あくまでも私の想像です。大切な家族に辛い思いをさせないためにも、あなたはおとなしく言いなりになったほうがいいと思いますよ」

一方的にそれだけ言い置いて、野々垣は部屋から出て行った。残された優貴は、ただ茫然《ぼうぜん》とトレイの上のスープが冷めていくのを眺めていることしかできなかった。


夜になると、体の痛みが和らぎ、優貴はゆっくりとだが歩けるようになった。だが、屋敷の中を散策するほどの元気はまだない。

ぼんやりとテレビを眺めて過ごし、夕食後に部屋のバスルームを使った。

なにもすることがなく、早々に寝てしまおうとベッドに入る。

滝沢はすでに帰宅しているらしい。食器を下げにきた使用人に聞くと、ちょうどそのころに帰ってきたと教えてくれた。

今夜もまた、昨夜のような苦しい目に合わされるのだろうか。

優貴を抱きたくなったら滝沢は来る——と野々垣は言っていた。できれば当分のあいだ、なしにしてもらいたい。さんざん滝沢に嬲られた後ろの窄《すほ》みは、まだじくじくとした痛みを発している。

もともと性交に使うような場所ではないのだから当然だ。あんな小さなところに、滝沢のものがよく入ったものだと、いまになって怖くなる。考えまいとしても、あまりにも記憶が生々しすぎて無理だった。

そんなとき、ノックもなしでいきなりドアが開いた。

「優貴、いるか？」

滝沢の声だった。

「いないのか？　それとも、もう寝たのか？」

「い、います」

怒らせてはいけない。優貴は竦みあがった体から搾るように声を出した。滝沢が薄布をばさりとめくる。

「ここにいたか」

滝沢はすでに風呂《ふろ》を済ませたらしく、パジャマの上にガウンを羽織った姿だった。

スーツ姿以外の滝沢をはじめて見た優貴は、昨夜のことも忘れて、ついぼうっと見つめてしまった。

スーツ姿よりも五歳は若く見えた。近寄りがたいほどの威厳ではなく、親しみやすさを感じる。

「優貴」

「あ……」

頬を両手で挟むようにされ、予告もなくいきなりくちづけられた。すぐさま深く入りこんできた舌に口腔をまさぐられながら、押し倒される。滝沢はガウンを脱ぎ捨て、優貴の体をまさぐってきた。

「んっ、ん…！」

パジャマの薄い生地ごしに胸をさすられ、反応してくる乳首を指先で摘《つま》まれた。昨夜の濃厚な愛撫を覚えていた優貴の体は、勝手にびくりと震えて喘いでしまう。

「ま、待って、日吉さ……っ」

唐突にはじまった行為に、優貴は戸惑いを隠せない。連夜のセックスは、慣れていない優貴の体には負担でしかなかった。

けれど力の限りに抵抗することはできない。

昼間、野々垣に釘《くぎ》をさされたせいだ。

滝沢を怒らせたら特待生でいられなくなるだけじゃなく、家族に迷惑がかかるかもしれない。例え野々垣の大袈裟《おおげさ》な脅しだったとしても、まったくないとは言い切れなくて、優貴には充分効果のある脅しだった。

臀部《でんぶ》を撫でられて、いよいよはじまるのかと覚悟を決めたとき「具合はどうだ」と聞かれた。

「まだ痛むか？」

「あ………、いえ、もうそれほどでも……」

「では入れても大丈夫か」

「いえ、それは………できれば……」

「だろうな」

滝沢はフッと鼻で笑った。

わかってくれたなら、今夜はこのままなにもせずに寝かせてくれるのかと期待した優貴だが、そうはならなかった。

「後ろがダメなら、ここでしてもらおうか」

ここ、と滝沢の指が優貴の唇をツンとつつく。青くなって硬直した。

そういった愛撫の仕方があることは知っていたが、まさか自分がやらされるはめになるとは思ってもいなかった。

「フェラチオはしたことがないか？」

あたりまえの質問に、優貴は茫然とするあまり怒りを向けることもできず、ただこくんと頷くだけだ。

「教えてやろう」

「あっ」

無造作に優貴のパジャマのズボンが引き下ろされた。萎えたままの小ぶりなペニスに滝沢が唇を寄せる。まずぺろりと舐め上げられて、優貴はとっさに腰を引いた。

「逃げるな。今夜はこれだけ教える」

「あっ……」

たくましい腕に腰をがっしりと摑まれ、あたたかなぬめりに包まれた。優貴はいやおうなく愉悦の波に呑《の》みこまれていく。

「ああっ、あっあっ」

滝沢は巧みなのだろう。経験がなくてだれかと比べることはできない優貴だが、よそ事を考える余裕なく高ぶらされて、あっというまに絶頂を迎えそうになれば、そのくらいのことはわかる。

怖いくらいの快感から逃れようと、手足がシーツの上をもがく。唇で全体を扱かれながら、その下の袋を柔らかく揉《も》まれ、とろけそうな快感に優貴はすすり泣いた。

「も、も、ダメ、いく、いっちゃう……」

「いいぞ。いけ」

とどめとばかりに舌で裏筋を舐め上げられ、優貴は激しく達してしまった。がくがくと震える腰を滝沢に押さえつけられ、吐き出したものを躊躇《ちゅうちょ》なく嚥下《えんげ》される。

その異常な光景を、優貴は涙で霞む目でぼんやりと見遣った。

「ほら、つぎはおまえの番だ。やってみろ」

ベッドヘッドに枕《まくら》を重ね、そこにもたれた滝沢が足を投げ出して股間を指差す。

優貴ははじめての衝撃的な出来事になにもかもが麻痺《まひ》していた。言われるがまま、のろのろと動いて、滝沢の足のあいだにうずくまった。滝沢のそこは、布地の下ですでに猛《たけ》っている。

「ほら、さっさとやれ」

「は、はい」

自分がされたように滝沢のパジャマのズボンを引き下ろすと、大きくて太くて黒々としたものが勢いよく飛び出してきた。

昨夜と同様に恐ろしくはあるが、なぜか嫌悪感はなかった。おずおずと触れてみると焼けるように熱くて、力強い脈動が伝わってくる。

「気持ち悪いか?」

「いえ、そんなことはないです…」

「舐めてみろ」

「……はい」

舌を伸ばして舐めてみた。ぴくりとペニスが反応する。ぺろぺろと続けて舐めてみると、ペニスはさらにぐんと大きくなった。

滝沢を気持ちよくさせてあげられたと思ったら、喜びが生まれた。もっとよくしてあげたいという気持ちに操られ、口を大きく開いてくわえてみる。

ペニスが大きすぎて、とてもではないがすべてを口腔におさめることはできない。優貴のちいさな口では、先端の丸みだけで精一杯だった。

「幹は手で扱け。今はまだ無理に喉《のど》まで押しこむ必要はない」

言われたとおりにくわえられない部分は指で扱いた。くびれを舐めろ、袋を揉め、横からくわえてみろ、滝沢の指示がつぎつぎと降ってくる。優貴は懸命に応えた。

いいかげん顎と舌が疲れてきたころ、滝沢が「出すぞ」と告げてきた。

「俺がしたように、全部飲め。一滴も吐き出すことを許さない」

次の瞬間、大量の体液が喉に叩《たた》きつけられた。味や匂《にお》いの感想など、抱く暇はない。優貴は命じられたことを果たすため、夢中で飲みこんだ。

残滓まですすったあと、口腔からずるりと滝沢が出て行く。優貴ははぁと肩で息をしながら、滝沢の顔色をうかがった。

これでよかったのだろうか。滝沢の望むようなことが、ちゃんとできただろうか。

滝沢は薄い笑みを浮かべている。いったいどう思っているのか、その表情からは判断つきかねた。

「下手だな。だが飲めたことは褒めてやろう」

一応は褒められたらしくて、優貴はひとまずホッと安堵した。

「不味《まず》かったか」

おいしいものではなかっただろうが、必死だったからよくわからない。優貴はふるふると首を左右に振った。

「あ……」

腰を引き寄せられ、くちづけられた。おたがいの舌が苦くて、これが精液の味なんだと、ひとつ学ぶ。

唇をほどくと、滝沢は背中を向けてベッドをおり、床に落ちていたガウンを拾った。

自分の部屋に戻るのだろう。無言で出て行こうとする後ろ姿に、つい声をかけた。

「日吉さん」

「なんだ？」

足を止めて滝沢は振り返った。引き止めてどうするつもりだったのか、優貴は自分に戸惑う。

「………あの、おやすみなさい……」

「おやすみ」

パタンとドアが閉じて、優貴はひとりきりになった。滝沢がいなくなって、後ろ姿に感じたものがなんだったのかわかった。

寂しさだ。滝沢にされたことはまだ心の中で消化できていない。けれど優貴は置いていかれることに寂しさを感じた。

きっと、この部屋が広すぎるからだ。

優貴はそう思うことにした。余計なことは考えないほうがいい。たぶん——。

眠れないかもしれないと心配していた優貴だが、色々なことで神経を使い、疲れていたのかもしれない。いつしか深い眠りに落ちていた。


翌日から、優貴は滝沢家の車で登下校することになった。

白手袋をはめた運転手がハンドルを握る純白のロールスロイスのリアシート。出勤する滝沢の隣に座らされた。

「私は会社に行く。大学に顔を出すときは、おまえの携帯にメールをするから、理事長室に来なさい。必ずだ」

「わかりました」

従順に返事をした優貴を満足そうに眺め、滝沢は仕事に行った。

大学の校門前で降ろされた優貴は、学生たちの好奇の視線にさらされることになったが、どうすることもできない。とくに滝沢の大ファンであるマリ江が向けてくる視線は、激しい嫉妬が含まれた痛いものだった。

滝沢の車で送られてきただけで、この反応。

もし深い関係になったなどと知られたら、いったいどうなるのだろう――。

知られてはいけない。

学院の象徴的存在である滝沢が二十歳の男子学生を自宅に住まわせて愛人にしているなんて知られたら、教育指導者としての信頼が地に落ちるかもしれない。

滝沢の強引で理不尽な仕打ちに困惑を覚えてはいても、優貴は滝沢を陥れようとは欠片《かけら》も思っていなかった。

絶対に知られてはいけない。言動の端々に滝沢との関係を匂わせるなにかがあってはいけないと、優貴は常に神経を張り詰めさせることとなった。

重大な秘密を抱え、ますます大学内で孤立感を深めていった優貴は、講義の時間以外は時計塔への通路で時間をつぶすことが多くなった。

窓から中庭の木立を眺めて風を感じたり、野鳥の訪れを観察したりした。

もうここで手製の弁当を食べることはなくなっている。優貴のカバンにはブランド物の新しい財布が入れられ、小遣いにしては多額の万札がぎっしりと入れられていた。

このおかげで学食のランチを食べられるのだが、帰りも滝沢家の車を使用するため、寄り道はできない。財布の中身はランチ代のみに使われていた。

「あ……」

ポケットで携帯が震えて、ドキリとする。

滝沢に与えられた携帯なので、メールアドレスも電話番号も滝沢のものしか登録していない。開いてみれば、当然のごとく滝沢からのメールだった。

時間ができたので大学に向かっている、もうすぐ到着すると書いてある。

「行かなくちゃ……」

あと数分で休み時間が終わって授業がはじまるのだが、優貴はかまわずに理事長室へ向かった。

理事長室に呼び出された優貴が、いったいなにをしているのか——これこそほかの生徒たちに知られてはいけないことだった。

「小玉君」

理事長室の前では野々垣が待っていた。メールを送信してきたのは、すでに車が校門をくぐったころだったのかもしれない。

「次の講義は外国語でしたね。担当講師には連絡を入れておきましたので、あなたは欠席扱いにはなりません」

「……………はい。ありがとうございます」

滝沢に呼び出されて授業に出られなかったことが何度かつづいたあと、優貴がお願いしたことだ。

滝沢が仕事を抜け出してこられる曜日には偏りがあり、サボらされる教科が決まっていることに気づいたからだった。授業の遅れは勉強すれば取り戻せるが、出席が足らなくなっては困る。

「今日は三十分ほどです」

「わかりました……」

優貴はカッと赤くなってくる頬を隠すように俯き、控え目にドアをノックした。

中から滝沢の応答があり、優貴は理事長室に入ったが、野々垣は廊下に留まる。

こうして理事長室に呼び出されたとき、野々垣はいつも中には入らずにドアの前に立つ。理由をはっきりと聞いたことはないが、たぶん見張りなのだろう。

「優貴、こっちに来い」

滝沢はソファに座っていた。呼ばれて歩み寄れば、無言で腕を掴まれ、すとんと滝沢の膝《ひざ》に座らされる。滝沢の膝は、優貴ごときの体重ではびくともしない。

大きな両手で頬を挟まれ、間近でじっと顔を見つめられた。優貴もおずおずと見つめ返す。今朝まで一緒にいたのに、もういいかげんに見慣れてもいいころなのに、まだこうして至近距離で顔を見ると、滝沢の強いまなざしに落ち着きをなくしてしまう。

「んっ……」

滝沢がくちづけてきた。いきなり舌を絡めるような深いキスをされても驚かなくなったが、ついていくのはまだ大変だ。

「あっ、んっ」

滝沢の手が性急に優貴のシャツのボタンを外しにかかる。露にされた乳首に、滝沢が吸いついてきた。すこし痛いくらいに吸われたあと舌でねっとりと舐められると、じんと腰の奥が痺れたような快感が広がる。

平らな胸の小さな尖りを気に入っているのか、なぜか滝沢はいつも最初にここを弄った。おかげで優貴のスイッチになってしまっている。全身がざわざわと目覚めていく感覚に、優貴は大きく喘いだ。

「ん、んっ、あうっ」

歯で軽く噛《か》まれ、鋭い快感に感電したように体ががくがくと跳ねた。もう片方の乳首は指の腹で捏《こ》ねられる。

「あ、あ、あ、んっ」

乳首でこんなに感じるようになるなんて、以前の優貴には考えられないことだ。だがいまは、乳首への愛撫だけで達することができるほどに開発されている。

「あ、も、もうっ……」

優貴は両腿《もも》をもじもじと擦り合わせた。乳首への刺激で熱を集めているそこに、注意を向けてほしくて。

優貴の体のことなら、すでに本人以上に熟知している滝沢は、足の付け根を大きな手で揉んできた。

「あ、は、んんっ！」

直接的な愛撫でまたたくまに張り詰めていくのがわかる。

三十分しかないことを滝沢もわかっているのだろう、焦《じ》らすことなく優貴の下肢をくつろげてくれる。外気にさらしたペニスを、くちゅくちゅと扱いてくれた。

「あ、あ、日吉さ、そんなに、したら……っ」

「気持ちいいか？」

「は、はい……あっ」

後ろの方にまで滝沢の手が伸びる。ズボンの上から谷間を撫でられ、優貴はぞくぞくっと背筋を震わせた。

最初はあんなに痛かった行為が、いまでは入れてもらわなければ疼《うず》いてたまらないほど虜《とりこ》になってしまった。

「ここにほしいか？」

「…………はい」

羞恥をこらえて頷く。意地をはって「いらない」と答えたときもあったが、かえって体の火照りに苦しむはめになった。

優貴を高ぶらせるのも、その熱を静めるのも、すべて滝沢なのだ。

「用意できるか？」

「……できます……」

優貴は恥ずかしさをこらえながら滝沢の膝から下り、その場でズボンと下着を脱いだ。

滝沢の前にひざまずき、ソファのクッションの下から、隠してある避妊具とジェルを探り出す。

座っている滝沢の前をくつろげ、屹立《きつりつ》を出した。いつ見ても大きい。見つめていると口腔にじわりと唾液《だえき》があふれてきてしまうが、今日はフェラチオする時間がない。

滝沢のそれにゴムをかぶせ、優貴は自分の後ろにジェルを塗りこんだ。指で触れると、そこが期待にひくひくと蠢《うごめ》いているのがわかる。浅ましいけれど、もうこれなしではいられない。そういう体になってしまった。

「もういいだろう。来い」

促されてソファに上がる。滝沢の腰を跨《また》ぐようにして向かい合い、そっと腰を下ろしていった。

「あ………ふ………っ」

じりじりと入りこんでくる滝沢の熱。挿入時の苦痛はなくならないが、滝沢とひとつになれるこの瞬間が、優貴は嫌いではなかった。

なんとか根元まで飲みこみ、ゆっくりと腰を振りはじめる。まだ、みずから激しく動く勇気はなかった。

「あっ、んっ、んっ」

「優貴、上手になったな、っく……う…」

滝沢が優貴を抱きしめながら、たまらないように声を漏らす。この体で感じてくれているとわかるから、眉をひそめるその顔が優貴は好きだ。

「優貴、もっとだ」

腰を掴まれたと思ったら、滝沢の腕力によって大きく上下に揺さぶられた。

「あっ、待っ……、ああっ！」

蕩けそうな快感が背筋を駆け抜ける。がくがくと揺らされて視界がぶれた。深い官能に支配されながらも、優貴はなんとか両手で口を塞《ふさ》いだ。声が我慢できない。この部屋がいくら防音に優れているといっても、いくときの声がどうしても大きくなってしまうのは自覚していた。

「どうした？　声を聞かせろ。我慢するな」

快感に掠れた低音で囁かれ、それにも感じながら、滝沢の首に両手をまわしてしがみついた。

「キス、してくださいっ」

「しかたがないヤツだ」

唇がすぐに重なってきて、嬌声を飲みこんでくれる。

「んっ、んっ、んーっ、んーっ」

気持ちいい。たまらない快感に腰を捩《よじ》った。

体の奥を太いペニスで擦られるとなにもわからなくなるくらい気持ちいい。こんなふうになるなんて、滝沢に抱かれる前は知らなかった。知らなくてもいいことを教えられたのだが、滝沢を恨む気持ちは微塵《みじん》もない。

(日吉さん、日吉さん、日吉さんっ)

キスで塞がれた口の中で、縋るようにして滝沢の名前をくりかえす。

終わってほしくないと、なぜか切ないほどの想いがこみあげてくる。セックスの終わりはすぐそこに見えていた。

「んっんっんっ、んんっ」

ソファがぎしぎしと悲鳴を上げている。かまうことなく、最後の坂を二人して上りつめていく。

滝沢がスーツのポケットからハンカチを取り出すのが見えた。服が汚れないように優貴のペニスにかぶせてくれる。

「くっ……！」

滝沢がちいさく呻《うめ》き、胴を震わせた。

薄いゴム製の皮膜ごしに滝沢が達したのがわかって、優貴もつよく舌を吸われながら射精する。白濁はハンカチに受け止められた。

しばらく二人とも乱れた呼吸が静まるまでじっとしていた。

やがてドアがノックされる。

「理事長、そろそろ時間です」

開けないままで野々垣が退出を促してきた。

優貴は指先まで倦怠感《けんたいかん》がつまった体を、なんとか滝沢の上から動かす。ぐったりとソファに沈みこむ優貴の前で、滝沢はゴムを外して始末していた。

いましがたの情事などまるでなかったことのように、立ち上がってさっと身支度を整えると、まだ動けないでいる優貴を睥睨《へいげい》する。

「動けないか？」

「……大丈夫です」

後ろを使うことにずいぶん慣れた。事後にこうして放心状態になってしまうのは、過ぎる快感のせいだ。

「時間がないので俺はもう行くが、おまえはすこしここで休んでいけ。そんな顔で教室に戻るな」

「……そんな顔、って……？」

「淫蕩《いんとう》な顔だ」

滝沢がニヤリと笑う。いかにも淫《みだ》らなことをしてきましたとわかるような顔だということか。

「……わかりました。すこし休んでいきます」

「そうしろ」

滝沢はそのまま優貴を残して出て行った。

理事長室にひとり残され、優貴はため息をつく。

後ろでいかされると、終わったあと体の疼きが消えるのに時間がかかる。滝沢の指摘通り、きっとまだ淫蕩な顔をしているのだろう。

「日吉さん……」

もういない人の名前をそっと呼んでみる。

目を閉じれば、振り返ることなく部屋を出て行った滝沢の後ろ姿が思い浮かぶ。

優貴の体を頻繁に求めるくせに、滝沢は終わるといつもあっさり離れていく。性処理だけが目的だと態度で示しているつもりかもしれない。

滝沢が飽きたら愛人生活は終わり――いつその日は来るのだろうか。もし本当に用済みになったら、優貴はどうすればいいのだろうか。

いつかやってくるその日のことを想像するだけで、胸にぽっかりと穴が開いたような喪失感を覚えた。

(……寒い)

冷たい風が吹き抜けていく寒さに似た虚《むな》しさと悲しさに、両手で自分の肩を抱きしめる。

涙がぽろりとこぼれた。

「あれ、やだな」

どうして涙が出るんだろう。滝沢が飽きるまでの関係だということは、最初からわかっていたはずなのに。

(たとえ、その日が来ても……)

優貴はただの大学生に戻るだけだ。滝沢の迷惑にならないよう、用済みになったときは潔くしなければならない。

なにも知らなかったころの無垢《むく》な自分に戻ることは、おそらくできないだろうが……。

運転手が開けてくれたドアから下りると、いつものように待ち構えていた滝沢家の使用人がにこやかに微笑みながら出迎えてくれた。

「お帰りなさいませ、優貴様」

「ただいま」

優貴は愛想ていどにちょっとだけ笑みを浮かべ、足早に通り過ぎる。

「お茶はどこにお運びしましょうか？」

「いまは、いらないです。すみません」

「わかりました」

早く自分の部屋に戻ってシャワーを浴びたかった。学園で滝沢に抱かれたときは、いつもこうなる。

外で行為に及ぶとき滝沢はかならず避妊具を使ってくれるため、後始末は楽だ。けれど挿入には潤滑剤が不可欠で、体の奥まで塗りこまれたジェルは、終わったあとに拭《ぬぐ》ったつもりでも、時間とともに不快感に苛《さいな》まれるのが常だった。シャワーで洗い流すしかないということを、優貴は経験上知っている。

与えられている部屋に入ると、優貴はすぐに服を脱ぎ捨てた。下着姿になってバスルームに行く。

そこで脱いだグレーのボクサーショーツには、後ろから漏れ出てきたジェルの染みができていた。

できるだけその染みを見ないようにしてランドリーボックスに放《ほう》った。

こうした汚れた衣類やシーツを、いったいだれが洗濯するのか——。

最初は羞恥のあまり自分で洗おうとしたのだが、そんなことをしては使用人の仕事が減ってしまうと滝沢に諭され、以来、気にしないようにしている。

優貴は熱いシャワーの下に立ち、しばらく肌を打たせるままにした。ザァザァと流れていく湯とともに、学び舎《や》で節操なく乱れてしまった恥ずかしい自分も流れ去ってしまわないだろうかと、考えてもしかたがないことを思ってしまう。

ひとつため息をついてから、優貴はシャワーヘッドを手に取った。尻の谷間を片手で広げ、そこにシャワーを当てる。

「んっ……………ん」

敏感な粘膜に湯が当たり、生温い快感が生まれてくる。洗浄が目的だと体に言い聞かせながら、指を入れて中に湯を流した。

「あっ、あ」

ぞくっと背筋を官能の波が渡っていき、感じるなと念じても、どうしようもならない。

後ろを洗っているあいだに、いつのまにかペニスに力が漲《みなぎ》っていた。昼間、滝沢に抱かれて一度出しているはずなのに、若さと健康が恨めしい。

後ろを嬲りながらペニスを扱きたてたい衝動にかられたが、優貴はなんとか踏み留まった。自慰行為は禁じられている。足の爪先《つまさき》から髪の毛一本まで、優貴のすべては滝沢のものだと野々垣に注意されたことを忘れていない。

衝動の波が過ぎていくのを、優貴はじっと立ち尽くして待つしかなかった。


いつものように一人きりの夕食を済ませ、明日の授業のために予習をしていると、滝沢から携帯に電話があった。

『すぐに俺の部屋に来い』

そう言うからには帰宅しているのだろう。

「日吉さん、おかえりなさい。今日は早かったんですね」

『いいから来い』

「わかりました」

滝沢の命令は絶対だ。優貴は教科書とノートを片付けて、滝沢の部屋に向かう。

多忙な滝沢はほとんどの夜、優貴の就寝時間ごろに帰ってくる。風呂を使い、寝間着に着替えてから、優貴のベッドに入ってくるのが常だった。

だから滝沢の部屋に優貴が入った回数は、片手にあまるほどでしかない。なにか急用だろうか、と優貴は急いで廊下を歩いた。

ドアをノックするとすぐに「入れ」と返事があり、優貴は「失礼します」と行儀よく中に入った。

滝沢の部屋は二間になっており、入ってすぐの部屋は書斎として使われている。自宅で仕事をするときに使うデスクにもたれて、滝沢は優貴を待っていた。

まだスーツ姿ということは、帰宅して間もないのだろう。なにやら難しい顔をしている。

「あの、なにか用でしょうか？」

「おまえ、俺になにか隠していることがあるだろう」

「えっ？」

唐突な詰問に、優貴はきょとんとする。

「なんのことですか？」

「正直に話せ。隠しておいても身のためにはならないぞ」

そんな言い方をされても思い当たることがないのだからなんとも言えない。優貴の生活は学校とこの家との往復だけで、秘密など生まれようもなかった。

かろうじて思い当たることといえば――

「母に電話をしたことですか？」

この一ヶ月あまりで四回電話した。一週間に一度は元気な声を聞かせたいからだ。

「特に秘密にするようなことは話していませんけど……」

「そんなことじゃない。もっと重要なことだ」

重要なこと？　ますますわからない。

「今日、帰宅してから、おまえはなにをした」

「え……シャワーを使いました」

「なぜだ」

「なぜって……」

昼間、理事長室で抱かれたから、後ろを洗ったのだが、それがいけないことだったのだろうか。

「シャワーでどこを洗った？」

「……………あの」

「答えろ」

「う、後ろです」

「どうやって洗った？」

指で広げてシャワーをあてた、そう簡潔に答えればいいのだが、どうしても羞恥を感じて口ごもってしまう。

「おまえ、シャワーで感じただろう」

ぎょっとして優貴は伏せていた顔を上げた。

「どうして……」

そんなことを知っているのかと聞こうとして、そういえば優貴の部屋には監視用のカメラがいくつも仕掛けられていることを思い出した。

どこに仕込まれているのか見つけることができなくて、優貴はいつしかカメラの存在を忘れていた。

だがそれは確実に存在して、つねに優貴の様子をだれかが見ているのだ。

バスルームで優貴が煩悶《はんもん》していた様子もしっかり見られて、滝沢に報告されたにちがいない。

「感じたんだろう。悪い子だな」

どこか楽しそうにくりかえす滝沢は、本気で責めているわけではないと気づいた。面白《おもしろ》がっている。

「たとえシャワーの湯でも、俺以外に感じるような悪い子には、おしおきだ」

「ええっ？」

びっくりして、生活のすべてを監視者に見られているというぞっとする事実がスポンと頭から抜けていった。

「お、おしおき……？」

小さなころならいざしらず、ここ数年では耳にしたことがない単語だったが、滝沢が口にすると淫靡な響きがこもっているように聞こえる。

「そう、おしおきだ」

いったいどんなおしおきをされるのかと狼狽《ろうばい》する優貴に、滝沢はデスクの上に乗っていたアタッシエケースを開けて見せた。

「なっ……！」

そこにぎっしりと詰まっていたのは——色とりどりの、アダルトグッズだった。

以前友達に借りてこっそり見たエッチなマンガでしか見たことがないローターやバイブレーターの本物が、箱にはいった新品の状態でずらりと並んでいる。

「いつか使おうと思って、野々垣に揃《そろ》えさせた。これでおしおきをしよう」

低く囁かれ、優貴はぞっと身を竦ませた。

「アナルビーズもあるぞ」

二十歳の誕生日の夜、はじめて抱かれたときに使われたものとおなじ形状のグッズもあったが、ボール状の部分がいくぶん大きいように見える。挿入に慣れたいまの優貴なら、飲みこむことはそう難しいことではないだろう。だが望んで使ってもらいたいなどとは、絶対に思わない。

「どれにしようか。これなんかどうだ」

滝沢が取り出したのは、紫色をしたグロテスクなバイブレーターだった。全体的にそう大きなサイズのものではないが、亀頭《きとう》のくびれにぐるりと突起が並び、幹の部分にも凸凹がついている。

茫然としている優貴の目の前に、銀色の手錠が差し出される。手錠の内側には、手首が傷つかないようにだろうか、ご丁寧に布が貼《は》ってあった。

「手を出せ」

滝沢の命令に、優貴が逆らえるわけがなかった。

ブー……ン、と体内でかすかなモーター音が響いている。手錠の鎖をカチャリと鳴らして、優貴は涙目で滝沢を見上げた。

「も、もう、許してくださいっ」

さっきから何度も頼んでいるのに、滝沢は涼しい顔で優貴の痴態を眺めているだけだ。

手錠によってひとまとめにされた両手はベッドヘッドから延びた紐に繋がれ、自由にならない。後ろに挿入されたバイブで敏感な粘膜を刺激され続け、いきたくてたまらないのに、自分でペニスに触れることはできなかった。

はじめて滝沢のベッドに上がった。優貴のベッドも充分すぎるほど大きいと思ったが、これはさらに大きい。優貴がどんなに腰を弾ませても、キシリとも軋《きし》まない頑丈さだ。

「あ、はぁ、んんっ」

全裸にされているため、優貴の状態は一目でわかる。優貴のペニスはだらだらと先走りをこぼし、淫らに赤く染まっていた。

一撫でしてくれるだけでいい、そうすれば達することができるのに、滝沢は手を伸ばそうとはしない。

それどころか、優貴をこの状態にしたまま、滝沢は放置して部屋着に着替えてきた。

「なかなかいい眺めだ」

リラックスした格好で、両腿を擦りあわせて少しでもペニスを楽にできないかと苦しんでいる優貴を、見下ろしている。

これがおしおきなら、優貴は二度とシャワーなんかで感じない。こんな目に合うのは嫌だ。

「ごめんなさい…、もうしません、許してください」

「反省しているのか？」

「はい、はいっ」

優貴は泣きながら何度も頷いた。この責め苦から開放してもらえるなら、どんなことでも頷いてしまいそうだ。

「た、助けてください…」

優貴を苦しめているのは滝沢なのに、助けてくれる人もまた滝沢しかいない。

「ひ、日吉、さ……っ」

もう苦しくてたまらない。

本当におしおきされるほどの悪いことをしたのなら、甘んじて責めを受ける。けれどこれは滝沢の遊びだ。体で遊ばれている事実が、心に痛かった。

もう終わりにしてもらいたい。抱きしめてもらいたい。目の前にいる滝沢のそのたくましい腕で、抱きしめられたい。そうすればきっと、あたたかくなる。

「日吉さん…もう、イヤです……」

ぼろぼろと涙がこぼれてきた。ひっくとしゃくりあげると、しかめた顔の滝沢がベッドに乗りあがってくる。

「そんなふうに泣くのは卑怯《ひきょう》だ」

「ごめんなさい。許してください、もうしませんから、だから……」

滝沢に手を伸ばしたい。広い背中にしがみつきたい。繋がれていてできないことが、切なかった。

なぜこんなに寂しくて悲しい気持ちになっているのか、抱きしめてほしいのか——優貴はわかっていなかった。自覚がないままにぬくもりを求めていた。

「バイブは嫌か。ここは気持ちよさそうにしているが？」

「ああっ」

ぐりっと動かされて、優貴は背筋をしならせる。確かに快感はあるが、ただの生理的な反応でしかないように思う。滝沢自身に貫かれているときとは、まるでちがった。

「日吉さ、おねがい、日吉さんので、いきたいっ」

深く考えずにぽろりとこぼれた言葉は、口にしてみてはじめて真実だと思った。

「そんなにほしいなら、入れてやろう」

滝沢が低く笑いながら、伸し掛かってくる。

「あうっ」

性急にバイブを抜かれた。解されきってとろとろになっているそこに、滝沢が前をくつろげて取り出したものがあてがわれる。

あたたかい…。無機質なオモチャではないことに安堵が広がり、優貴は余計な力をそっと抜いた。

「これを、こうしてほしかったんだろう」

「ん、うん、んあっ」

強烈な圧迫感がくわえられる。じりじりと入り込んでくる滝沢。入れられただけで、たまらない快感に襲われた。

「あ、あ、あ、…………っ！」

きつい抱擁とともにくちづけられる。優貴はペニスに触れられることなく、絶頂を迎えていた。


滝沢に抱かれた翌日は、どうしても倦怠感が残る。それだけならいいのだが、内臓が揺さぶられるせいか、食欲があまりわかない。

「優貴、もう食べないのか」

朝食の席で箸《はし》が進まないのを滝沢に見咎《みとが》められ、優貴は「食べます」と慌てて口を動かした。

過激なセックスのせいで食べられないとは言えないし、些細なことで難癖をつけられておしおきをされるのはごめんだった。

昨夜、おしおきタイムが終了したあと何度も抱かれて、優貴はほとんど気を失うようにして眠りについたのだ。滝沢のベッドで眠ったはずなのに、朝、目覚めたのはいつもの自分のベッドだった。

「おまえはもっと食べたほうがいい。これ以上痩《や》せられたら、抱いたときに骨が当たる」

貧弱な体だときつい評価を下されたも同然で、優貴は居たたまれなさに俯くしかない。

「……すみません」

「悪いと言っているわけじゃない。もっと太ったほうがいいと言いたかっただけだ。卑屈になるな」

滝沢のような完璧なスタイルを保持している大人の男にそう言われても、僻《ひが》んでしまう気持ちは簡単には上向かない。

「和食のうまい店があるから、今夜連れて行ってやろう。おまえはしたくをして待っていろ」

「え……お仕事は……？」

「さっき野々垣から連絡があった。珍しく二日続けてスケジュール変更だ」

どうやら昨夜の早い帰宅はスケジュールの急な変更があったためらしい。

二人で外食ははじめてだった。

滝沢はいつも多忙だ。時間があいたらプライベートでやりたいことはたくさんあるだろうに、昨夜も今夜も優貴を優先してくれている。

「わかりました。大学から帰ったら、待っています」

ただの食事で深い意味はないだろう。けれど滝沢とのはじめての外食に、浮き立ってくる心を抑えることはできなかった。

そわそわと落ち着かない。

教室の時計を眺めて、優貴はあと何時間で滝沢に会えるか数えた。

早く二人で出かけたい。はじめての外食を、優貴がこんなにも楽しみにしているなんて、きっと滝沢は思いもしないだろう。

滝沢のことを考えると、なんだか胸の奥底がむずむずする。激しい行為の残り火が、じりじりと神経をいたずらに焼くのとはちがう感覚だった。

四限目がはじまるまでに、あと五分ほどあったので、優貴は気分を変えるために顔でも洗ってこようと席を立った。

洗面所に行き、冷たい水で顔を洗ったら、すこしすっきりした。これで落ち着いて講義を受けられる。深呼吸してから教室に戻ると、さっきまで座っていた席にメモ用紙が置かれていた。

『小玉君。いますぐ時計塔に来るように。学長』

席を外したほんの数分のあいだに、学長が優貴を呼びにきたらしい。慌てて周囲を見渡したが、いるのはおなじ講義をとっている学生たちだけで、学長の姿はない。廊下でもすれ違わなかった。

「時計塔？」

いままで時計塔に呼び出されたことはない。あそこでいったいなにがあるんだろう。

そもそも入ったことがないので、中がどうなっているのか知らない。施錠されたドアの前で寂しく弁当を食べたことなら何度もあるけれど。

もうすぐ講義がはじまってしまうが、呼び出したのが学長なら、欠席扱いにはならないだろう。優貴は頭上で鳴り響く予鈴を聞きながら、教室を出た。

早足で時計塔に向かう。いつもはきっちりと閉められているドアが、半分ほど開いたままになっていた。中に学長がいるのだろうか。

優貴はそっと中を覗きこんだ。螺旋階段が上へと続いている。ところどころにある窓から陽光が差し、真っ暗ではないが、隅々まで見渡せるほど明るくもない。人気は感じられなかった。

「小玉です。学長先生？」

呼びかけてみたが返事はない。声が届かないほど上の方にいるのだろうか。

大学の資料に、時計搭の高さは十五メートルとある。校舎はすべて四階建てなので、時計塔のてっぺんだけが一階分突き出ていることになる。

時計のメンテナンスのために塔の上の方まで階段があるだけだと思っていたが、もしかしたら話ができるような小部屋があるのかもしれない。そこで学長が待っているのなら、ここから呼んでも聞こえないだろう。

優貴は中に入った。螺旋階段を上りはじめる。窓から見える景色は当然ながら四階からの眺めよりも高かった。ものめずらしかったが、いまはのんびり見物していられない。

螺旋階段をどんどん上っていった優貴は、あっさりと頂上に着いてしまった。グラウンドを見下ろす場所に大きな時計が設置されているほかに、なにもない。人一人が立っていられるくらいのスペースがあり、時計の反対側には窓があるだけだ。

真下には、学園の創立以前から生えているという桜の大木が、四階の高さくらいまで青々とした葉を茂らせている。ここから見下ろすと、まるで緑の絨毯だ。

学長の姿はどこにもない。ここまできてやっと、優貴は不審に思った。あの呼び出しの手紙は、本当に学長だったのだろうか…？

ふと、どこかでバタンとドアが閉じる音が聞こえた。ぎょっとして慌てて螺旋階段を駆け下りると、やはりドアが閉じている。しかも鍵がかかっていた。

「開けてください！　すみません、まだなかに人がいたんです！　開けてください！　そこにだれもいませんか？」

スチール製のドアを拳《こぶし》でガンガンと叩きながら大声を上げてみたが、返事はない。

どうしよう……。閉じこめられた。

優貴は青くなった。ほかの学生たちの視線がわずらわしくて避難場所にしていたようなところだ。こんなところにそうそう人が来るとは思えない。下手をすると、ここで夜を明かさなければならなくなる。

「そうだ、携帯………あれ？」

ポケットに携帯電話が入っていない。そうだ、さっきトイレに行ったとき、洗面台の横に置いてそのまま忘れてしまっていた。

優貴はもう一度、ドアを叩いた。両手で力の限り打ち、声を張り上げる。

「だれか、だれかいませんか！　ここを開けてください！　だれか！」

帰ってくるのは沈黙だけだ。

屋根があるので雨露はしのげるし、食事を一回や二回抜いたくらいで死ぬことはないだろう。

それに、いきなり姿を消した優貴を、絶対に滝沢は探してくれるにちがいない。ここで待っていればいずれ助けは来る。

だが——今夜は滝沢と外食の約束をしている。優貴のために、貴重な時間を滝沢が割いてくれるのだ。

それなのに、こんなことになるなんて。

「日吉さん……」

切なく名前を呼んだときだった。ドアが外側からガンと叩かれ、優貴はぎょっとした。

「生意気に理事長のことを名前で呼ぶんじゃないわよっ」

女性の声だった。聞き覚えのある声に、優貴はハッと息を飲む。

西井マリ江ではないだろうか？

「そこにいるの、西井さん」

「理事長はあんたのものなんかじゃないっ。私が、そのうち親しくなって、恋人になるはずだったのに！」

悲痛な叫びに、優貴はすべてマリ江がしでかしたことなのだと知った。

「あんたなんか、そこで死んじゃえ」

毒々しい口調に、マリ江の暗い怒りがこめられている。

「西井さん、ちゃんと話をしよう。こんなことをしてはだめだ。鍵をあけてほしい」

「あんたの顔なんか見たくない。どっかへ行っちゃって。汚い、ぞっとする、吐きそうだわっ」

マリ江が蹴《け》っているのか、ドアはガンガンと音を立て続ける。

「理事長室で、神聖な場所で、あんな汚らわしいことをするなんて、信じられない。ひどい。死んでよ。死んで償って！」

「えっ……？」

「理事長はあんなことをする人じゃないはずよ。あんたのせいで、あんたが誘惑したせいで、汚い快楽の虜になってしまったんだわ」

知られている。理事長室でセックスしたことを、なぜかマリ江は知っていた。

「ど、どうして、西井さん……」

「あたしはなんでも知ってるわよ。馬鹿《ばか》にしないで。理事長室には盗聴器が仕掛けてあるの。筒抜けなのよ。馬鹿なヤツ！」

盗聴器……そんなものが、あの部屋のどこかに取り付けてあったのか。

「びっくりしたわ。びっくりして、吐きそうになって、たくさん泣いたわ」

「西井さん……」

憧《あこが》れていた理事長のあらぬ場面を盗聴してしまい、どんなに傷ついただろう。滝沢が望んだとはいえ、たいした抵抗もせずに抱かれたのは自分だ。

優貴は両手で顔を覆い、深くうな垂れた。

「あたし、あのときのコンドームを持っているのよ」

聞き間違いかと思った。それほどに常軌を逸した言葉だったからだ。

「あんたたちが出て行ったあと、理事長室に忍びこんでくず入れから拾ったの。あの理事長の精液だと思うと、たまらなかった。あたしの一番の宝物よ。あんたの体の中に入っていたことは目を瞑《つぶ》るしかないわ」

「西井さん……」

ぞっとした。マリ江はおかしい。まともではない。使用済みのコンドームを拾って宝物にする女子学生なんて、いてはいけない。

「あんたさえいなくなれば、理事長はきっと目が覚めるわ。今度はあたしが理事長の相手をする番よ」

「西井さん……とにかく、鍵を開けてくれないかな。話をしよう。話を……」

「うるさいわね。あんたと話なんかしたくないわよ！　そこで死んじゃってって言ってるでしょう！」

もう一度、ガツンとドアが蹴られた。足音が遠ざかっていく。マリ江は鍵をかけたまま、どこかへ行ってしまったのだ。

優貴はへなへなと座りこみ、開かないドアを茫然と見つめた。


窓から差し込む陽光が、螺旋階段を四角く照らす。時間とともに光は動き、さまざまに形を変えた。四限目終了のチャイムを聞き、五時限目開始のチャイムも鳴った。その間、人の気配はまったく感じられない。やはり、用もないのにこんなところに来る生徒や教師はいないのだろう。

やがて五時限目終了のチャイムが鳴り響いた。厳かな鐘の音を、優貴は暗い気持ちで聞く。日没まではまだ時間はあるが、優貴は焦燥感を強めた。

もうしばらくすると、迎えに来ている滝沢家の運転手が、なかなか校舎から出てこないことを不審に思うだろう。そして教室に姿がないことを確認して、おそらく野々垣に連絡を入れる。

野々垣はまず大学内を探すにちがいない。ここで夜明かしすることなく、見つけ出される可能性がある。

けれど、見つかるまでのあいだ、優貴がいなくなったことを滝沢はどう思うだろうか。なにがしかの事件に巻きこまれたと思うだろうか。それとも、逃げたと判断してしまうだろうか。

どちらにしろ——滝沢はこんな面倒《めんどう》なことを引き起こした優貴に失望するかもしれない。

同期生に恨まれて閉じこめられ、大学や周囲の人たちに迷惑をかけるなんて、特待生としても失格だと烙印《らくいん》を押されたらどうしよう。

マリ江は「死んじゃって」と口走っていたが、人里離れた山奥に置き去りにされたのならともかく、こんなところでそう簡単には死ねないことくらいわかっているだろう。優貴が滝沢の側から離れることが望みなのかもしれない。

授業料全額免除の特待生でなくなれば、優貴はこの大学にいられない。退学するしかなくなる。優貴をここから追い出すことができるのだ。

辞めたくない。ここの学生でいたい。

愛人ではなくなって、さらにこの大学を去ることになってしまえば、滝沢との繋がりがまったくなくなってしまう。

それだけはいやだ。細くてもいい、どこかで関係を持っていたい。この大学に通い続けたかった。

たとえ、もう二度と抱きしめてもらえなくても……――。

そこまで考えて、優貴はハッと我に返る。

「え……？　僕……」

いまなにを思って、どんな結論を出した？

大学を辞めたくない――愛人ではなくなっても、滝沢に関《かか》わっていたい――なんて。

「僕……僕は……うそ……」

自分で自分が信じられない。

どうして？　なぜ？　いつのまに？

滝沢のことを想うと、胸のあたりがキュッと痛くなった。

「あ……どうしよう」

好きだなんて。滝沢を。

信じられないけれど、これはもう認めるしかない。

まるで望みがない恋だ。滝沢にとって優貴はただの愛人で、飽きたら取替えがきく存在でしかない。

真剣な想いを知られたら、鬱陶しがられるのではないだろうか。

冷たい悲しみがじわりと落ちてきて、優貴は両手で自分の体を守るように抱きしめた。

どうしよう。どうしてこんなことになっちゃったんだろう。はじめて人を好きになったのに、相手にとっては勝手ができる愛人でしかないなんて――。

いったい、いつから滝沢を好きになっていたんだろう……。

面接会場での初対面から順番に思い出してみる。はじめて会ったとき、すごく格好いいひとだなと思った。

そのあと、特待生に推してもらえてすごくうれしかった。誕生日を祝ってもらえて泣きたくなるくらい感動した。

薬を盛られて無理やり抱かれても恨む気持ちはなかった。おしおきされて寂しいと思って、その腕で抱きしめてほしいと願った……。

「……なんだ……僕、最初から……」

はじめて会ったときから好きになっていたのだ。自覚がなかっただけで。

目を閉じれば、いままでに知った滝沢のさまざまな表情がありありと思い浮かぶ。

思うとおりにならず不機嫌そうに眉間《みけん》に皺《しわ》を寄せた顔、優貴を抱くときに見せる情欲を滲ませた顔、満足そうに目を細めた顔——すべて好きだ。

強引でマイペースでわがままな男だと思うが、それでも一人の男として尊敬できる。いくつもの会社を経営し、優貴に大学生活を与えてくれた人だ。

「日吉さん……」

滝沢のことばかり考えていると、会いたくてたまらなくなってくる。優貴がいなくなったという連絡は、もういっただろうか。

なんとかしてここから脱出できれば——滝沢との約束の時間に間に合えば、なにも問題は起こらないのだ。

スチール製の頑丈なドアは、どんなに優貴が叩いても蹴っても開かないだろう。では、ほかになにか方法はないだろうか。

ドアの前に座りこんでいた優貴は立ち上がり、時計塔の螺旋階段を見上げる。窓から外に出られないだろうか。

階段を上って途中の窓をまじまじと見てみたが、小さすぎて肩が通りそうにない。優貴はさらに上がった。

てっぺんには大きな時計と、大きな窓がある。こちらの窓は楽に人が通れるサイズだ。

窓のロックを外し、外壁をぐるりと見渡してみた。窓の一メートルくらい下に、でっぱりがある。五センチほどの幅しかないが、あそこに足先をひっかけて、壁伝いに渡り廊下まで行けないだろうか。渡り廊下の屋根に飛び移ることができれば、となりの校舎の非常階段に手が届く。

不可能ではないだろう。幸いにも今日は風がない。

だが、そんなフリークライミングのような芸当が果たして自分にできるだろうか。自慢ではないが、優貴はスポーツ全般が苦手だ。

優貴は眼下に視線を落とし、ごくりと生唾《なまつば》を飲む。真下には、青々とした桜の葉が、まるで緑色のクッションのようにこんもりと茂っている。

この高さからでは緑色のふわふわしたかたまりにしか見えないが、実際は桜の木だ。落ちたらクッションのような効果は期待できないだろう。

渡り廊下までたどり着ければ、すべてが解決すると理屈ではわかっていても、足が竦む。

どうしよう。どうすればいい？

迷っているうちに時間はどんどん過ぎていく。初夏の太陽が西の空にかかりはじめた。暗くなってしまっては、ますます壁伝いに行くなんて無理だ。

優貴は覚悟を決めて、窓枠に手をかけた。

「……た、たすけて……」

優貴はぶるぶると震える指先に泣きたくなった。足先も震えている。たった五センチの幅しかない壁面のでっぱりに乗せた足は、強張って動かない。

「やっぱり、やっぱり無理……っ！」

恐怖に喘ぎながら、優貴は必死で壁面にしがみついた。決死の覚悟で出てきた窓には、もう手が届かない場所にまで来てしまっている。渡り廊下の屋根までは、まだすこし距離がある。つまり、ちょうど真ん中で立ち往生してしまっているわけだ。

もうすこし体力があれば、腕力と脚力があれば、渡り廊下まで進めたかもしれない。だがもう指先に力が入らなくなっていた。落ちないようにバランスを取るだけで精一杯だ。

「日吉さん……」

死にたくない。こんなところから落ちて死ぬなんて、絶対に嫌だ。滝沢に会いたい。

視界がぼやけてきて、自分が涙ぐんでいることに気づいた。泣いたらますます手元や足元が見えなくなるからだめだと思っても、絶望のあまりじわじわと涙が滲んでくる。

「だれか助けて…っ」

もうあたりは薄暗くなってきている。生徒たちのほとんどは帰ってしまっただろう。

警備員はいるだろうか。ここまで見回りに来てくれないだろうか。来るとしてもそれは何時《いつ》だろう。それまで優貴は耐えられるだろうか。

指先に力が入らなくなってきていた。無理だ。もうこの体勢を保っていられない。

「日吉さん……日吉さん、日吉さん、日吉さーんっ！」

泣きながら、優貴は会いたい男の名前を力の限り叫んだ。

「優貴っ」

聞きなれた声に、優貴はハッと顔を上げた。

幻聴でなければ滝沢だ。どこ？　どこから呼んでくれている？

「優貴、そんなところでなにをしているっ」

「日吉さん……」

目だけで振り返り、渡り廊下の端から身を乗り出している滝沢を見つけた。滝沢のこんなに焦った顔を見たのははじめてだ。

「日吉さん、日吉さーん……」

探しに来てくれたのか。滝沢に会えてホッとしたとたんに緊張していた全身からふっと力が抜けた。

ぐらりと体が揺れ、優貴は慌てて外壁にしがみつく。

「優貴っ、動くな、じっとしていろ！」

「ひ、日吉さ……っ」

みっともなく泣くなんてまねはしたくないのに、張り詰めていた神経が緩んだせいか、ぼろぼろと涙がこぼれて止まらない。

「小玉君、いったいどうしてそんなところに」

野々垣の驚いたような声が聞こえた。

「理由なんてあとでいい。とにかくレスキューに連絡しろ。優貴を助けないと」

「この高さから落ちたらまずいですね」

滝沢と野々垣が相談している。すぐに学長の声も聞こえてきた。みんなで優貴を探してくれていたのだろう。

一刻も早く閉じ込められていた時計塔から脱出したくて窓から出たのに、これでは余計な迷惑をかけただけになってしまう。

「ご、ごめんなさい……ごめんなさい……」

「いいからじっとしていろ、優貴っ」

すこしでも滝沢のいる渡り廊下に近づこうと、優貴は最後の力をふりしぼって移動を再開した。じりじりと、亀《かめ》よりものろい速度ではあったが、滝沢のもとへたどり着きたい一心で。

「小玉君、無理をしないで、そのままでいてくださいっ」

「優貴、動くなと言っているだろう！」

滝沢の怒鳴り声なんてはじめて聞いた。だが従うつもりはなかった。レスキューが到着するまで、もう体力がもちそうになかったし、なによりも、滝沢の側に行きたかった。

「どこへ行くんだ、滝沢？」

野々垣の声とともに足音が遠ざかる。大きく振り向くとバランスが取れなくなりそうで、優貴は渡り廊下でなにが起こっているのか見ることはできない。

ほんの一分ほどで、滝沢の声がもっと近くで聞こえるようになった。

「優貴！」

なんと、滝沢は渡り廊下の屋根に立っていた。隣の校舎の非常階段から乗り移り、廊下の屋根の上を進んできてくれたのだろう。

「日吉さん……………」

「ほら、自力でこっちに来たいんだろう。あとすこしだぞ」

「……はい」

あとすこし。優貴は歯を食いしばって進んだ。かなり近づけたところから、思い切って手を伸ばしてみる。滝沢も手を差し伸べてくれた。

「くそっ、もうすこし」

滝沢が悔しそうに舌打ちする。まだ届かない。ほんの十センチほど。

優貴はもう一度、のろのろと動いた。そして片手を精一杯、伸ばしてみる。今度こそ届くかもしれない。

二人の指先がわずかに触れ合った――その瞬間、風が吹いた。

「あっ」

「優貴っ！」

風に煽《あお》られ、ふっと体が浮く。反転した視界に、驚愕した表情の滝沢がうつった。

落ちる。

スローモーションのように景色がゆっくりと遠ざかりはじめたとき――右腕に衝撃があった。がくん、と落下が止まり、優貴は宙にぶら下がっていた。

「くっ……」

頭上から滝沢の呻きが聞こえる。仰ぎ見れば、滝沢は優貴の腕を掴み、渡り廊下の手すりに掴まっていた。二人分の体重を支える滝沢の左手は、辛そうに震えている。いまにも離れてしまいそうだ。

「滝沢、離すなよ！　耐えろ！　小玉君を持ち上げられるか？」

野々垣が差し伸べた手に向かって、滝沢が優貴を片腕で引き上げる。歯を食いしばる音がぎりぎりと聞こえてきそうなほど、滝沢はひどい苦悶の表情を浮かべていた。

学長が滝沢の腕を掴み、優貴を野々垣が引き上げる。

時間にしてほんの二、三分だっただろうが、優貴にとっても滝沢にとっても、居合わせた野々垣と学長にとっても、果てしなく長く感じる数分だった。

足が渡り廊下の硬い床についたとき、優貴はぜぃぜぃと肩で息をしていた。

「まったく……なんてことだ……」

野々垣が愚痴っぽくこぼしていたが、それよりも優貴は目の前に座りこんでいる滝沢から目が離せなかった。

右肩をどうかしてしまったのか、滝沢は左手で庇《かば》うようにして片膝を立ててぐったりと座っている。

「ひ、日吉さ……っ」

ごめんなさい、ありがとう、大好き——。

色々な感情がわっと胸にあふれて、優貴はなにも言えずにただ滝沢にしがみついた。

滝沢の疲れた顔には汗が滲んでいる。面倒をかけるだけでなく、命の危険に晒してしまった。申し訳なくてたまらない。助かったのは運がよかったからと、滝沢や野々垣、学長が必死になってくれたからだ。

「日吉さん、日吉さんっ」

「……俺が嫌で、飛び降りようとしたのか」

「まさか、ちがいます」

それは絶対に違うと、優貴は首を横に振った。滝沢がひとつ息をつき、優貴の肩に額をあずけてくる。

「じゃあ、どうしてあんなことをした」

「……」

マリ江のことは言いたくなかったが、死のうと思ったのかと疑われては真実を話さなければならないだろう。

「実は、あの、閉じ込められて……」

事情を最初から説明している間、だれも口を挟まず黙って聞いていてくれた。

だが、一通りの事情を話し終えたあと、優貴の無謀な脱出劇に、野々垣は怒った。

「小玉君の突飛《とっぴ》な発想には驚きですね。なにも窓から出なくとも、そのうち絶対に発見されてドアから出られたと思いますよ！」

「……ごめんなさい……」

確かにその通りなので、優貴は謝るしかない。しょんぼりとうな垂れた。率先して怒っているのは野々垣だが、無言の滝沢も静かに腹を立てているにちがいない。

「一体全体、なぜあんなことをしたんですか」

「……早く帰りたかったんです……」

「どうして」

「…今夜は日吉さんと外食の約束をしていたから」

馬鹿馬鹿しい理由だと一蹴《いっしゅう》されるにちがいないと、優貴は蚊の鳴くような声でぼそりと告げた。

だが予想に反して、野々垣は責める言葉を続けなかった。おずおずと上目遣いに野々垣の様子をうかがうと、彼は物言いたげな視線で滝沢を見ている。

その滝沢は、至近距離から優貴をじっと見つめていた。

「あの、日吉さん……」

「食事なら、いつでも連れて行ってやる。一度きりのつもりはない」

「……はい」

「だから、あんな無茶《むちゃ》なことは、もう二度とするな」

「ごめんなさい……」

滝沢を危ない目にあわせてしまったのは、優貴のせいだ。滝沢のたくましい左腕が、優貴を抱きしめてきた。

「あの、右腕は大丈夫ですか？」

「たいしたことはない」

優貴は右肩をそっと撫でてみた。さらにぎゅっと抱き寄せられ、苦しくなる。だがこの苦しさは生きているからこそなのだと、優貴は滝沢の胸に顔を埋《うず》めながら安堵感にひたった。


滝沢の右肩は脱臼《だっきゅう》していたことがわかった。

先に帰れと言われても、優貴は病院に付き添った。幅広のテープでテーピングされた肩に、シャツとスーツの上着を羽織った姿の滝沢を、優貴は潤む目で見つめる。

「い、痛いですか……」

「気にするな」

ケガをさせてしまったと動揺する優貴に、滝沢は何度も「気にするな、大丈夫だ」と繰り返してくれたが、気にしないわけにはいかない。

「たいしたケガでなくてよかった」

野々垣がやれやれと肩を竦めたのを、優貴はムッと睨んだ。脱臼がたいしたケガでないなんて、そんなことはない。

「あそこから落ちていたら、もっと大変なことになっていましたよ」

不満顔の優貴に、野々垣がそう言い、苦笑してくる。

「さて、私は会社に顔を出してきます。社長がケガをしたと報告して、スケジュールの調整をしなければなりませんからね。とりあえず当分、ゴルフはできませんし」

野々垣は、代わりにだれが行けるか…とぶつぶつ呟きながら、病院の玄関前からタクシーに乗っていった。

優貴と滝沢は、白いロールスロイスの後部座席に並んで座って帰路につく。滝沢邸に帰るあいだも、優貴はこみあげてくる涙を懸命に飲みこんでいた。

「泣くな」

ため息まじりにそう言われ、優貴は「はい」と頷いて涙をこらえた。だが我慢しようとすればするほど、なぜだか泣けてくる。

運転手がバックミラーで気遣わしげにリアシートの様子をうかがっているのはわかっていたが、涙は止まらない。

「だから、泣くなと言っている」

「す、すみません……」

せめて泣き顔を見せまいと、両手で顔を覆った。滝沢がとなりでまた憂鬱そうなため息をつく。呆れられている……いや、鬱陶しがられているのか。

どちらにしろプラスの感情ではないだろう。

「優貴、しつこいようだが、もう一度確かめたい。本当にあそこから飛び降りようとしたわけじゃなかったんだな？」

「ちがいます、絶対にちがいます。僕は一度も死のうと思ったことなんてありません」

どうしてそんなふうに疑われるのか、優貴にはさっぱりわからない。滝沢は無事な左手で、優貴の頬を撫でてきた。涙で濡れている頬が、大きな手で包みこまれる。

「俺との生活が、嫌なんだろう？　本当は俺なんかに抱かれるのは死ぬほど嫌なはずだ」

「え…………」

疲労と苦悩が浮かぶ滝沢の横顔に、優貴は茫然とした。死ぬほど嫌なんて、優貴は言ったことなどない。思ってもいないのだからあたりまえだ。

いったいどうして、滝沢はそんなふうに思っているのだろう？

わけがわからなくて首を捻り、ハッとした。

運転手に話を聞かれているのだ。抱かれるとか、死ぬほど嫌とか、軽々しく口にしていいはずがない。

「日吉さん、あの、話は家に帰ってから…」

うろたえながらちらちらと運転席を気にする優貴に、滝沢はすぐ「気にするな」と言い放つ。

「うちの使用人は教育が行き届いている。見聞きしたことを他言しない。そもそも、おまえがどういう存在なのか知っているのだから、いまさらだろう」

知られているのだろうなとは、なんとなく感じていたが――ベッドメイクやシーツの洗濯は使用人がやってくれるわけだし――突然、滝沢家で暮らすようになった親戚《しんせき》でもない男子学生について、何人もいる使用人にいったいどう説明しているのだろうとは疑問に思っていた。

やはり知られているのか。予想していたこととはいえ、優貴は脱力した。

「おまえは、俺を嫌っているだろう」

滝沢は苦々しい口調ながら、きっぱりとそう言う。

「俺は薬を盛って、おまえを強姦《ごうかん》した。そして強制的に同居させた。まともなやり方でないことくらい、自分でもわかっている。だが、俺はどうしてもおまえがほしかった。野々垣に何度も、卒業してからちゃんと口説けと言われたが、待てなかった」

「く、口説く…？」

どうしてもほしかったとか、口説くとか、初耳の言葉に優貴は混乱した。まるで滝沢が優貴を好きなように聞こえてしまう。

そんなことはないだろう。まさか。

「いい年をした男が、二十歳になったばかりの大学生をまともに口説いたところで信じてもらえるとは思えなかったし、自分から気持ちを打ち明けたことなんてなかったから、情けないが怖かった」

「あ、あの、ちょっと、日吉さん…？」

「だからといって、一度手に入れたおまえを失うことはできない」

滝沢の真摯《しんし》な目が、射抜くほどの力強さで優貴を見つめている。反らすことは許されない真剣さだった。

「金の不自由はさせないと約束しよう。好きなだけ贅沢《ぜいたく》をさせてやる。だからこのまま俺の家で暮らせ」

舞い上がりそうなほどの、すばらしい言葉。

だが優貴は歓喜に震えそうな心にセーブをかけた。ひとつ、確かめなければならないことがあるから。

「あの、日吉さん、聞きたいことがあるんですけど」

「なんだ、なにが知りたい。なんでも聞け」

「……僕のこと、もしかして、好き？」

決死の覚悟で口にした質問だった。

滝沢はしばし無言で優貴を凝視していたが、おもむろに優貴の耳をぎゅっと摘んだ。そのままぎゅぎゅぎゅっと捻りあげる。

「痛っ、痛痛痛っ！」

「この耳はなにを聞いていたんだ。きちんと人語を解することができない耳なのか？　俺の恥ずかしい告白の数々を、台無しにするつもりなのか？」

「ご、ご、ごめんなさい、痛いですッ！」

滝沢は耳から手を離し、深々とため息をついた。

「好きでなければ、自宅に住まわせるわけがないだろうっ。はっきり言って、一目惚れだ」

「うそ……」

滝沢はふいとそっぽを向き、ほのかに赤い頬を隠そうとしている。

「面接会場でおまえを見たとき、絶対に手に入れたいと思った。だから特待生に推したし、何度も理事長室に呼び出した。誕生日に呼んで拉致《らち》監禁するなんて、好きでなければしないだろう」

いや、好きでも普通はしないと思う…と、優貴は心の中だけで呟く。

「どうして、もっと早くそう言ってくれなかったんですか。言ってくれていたら……」

「言っていたら、なにか変わったのか？　なにも変わりはしないだろう」

自嘲《じちょう》気味の苦笑に、優貴は反論した。爆発しそうな心臓を抱えて。

「変わります！　だって、だって僕も、日吉さんのこと……好きなんですから」

滝沢の目が、驚きに見開かれる。本心からびっくりしたらしく、硬直して動かなくなってしまった。

「好きだって自覚したのは、つい最近なんですけど」

ついさっきとは、さすがにまずいような気がして言えなかった。

「でも、思い返せば、最初から好きだったんです。僕も面接会場で、日吉さんを見たとき、目が離せなくなりました。すごく、素敵《すてき》な人だと思って……」

優貴はカーッと頭に血を上らせながら、必死で心情を吐露した。

「だから特待生になれてうれしかった。とても。誕生日に祝ってくれて、天にも昇る心地でした。だから――あんなかたちで抱かれても、あなたを恨むつもりはこれっぽっちもなくて、むしろ替えがきく愛人でも側にいられればいいと……」

「ちょっと待て。その替えがきく愛人というのはなんだ」

「え？　野々垣さんが、僕にそう言ったので、そういう扱いなんだと……」

「あの野郎」

滝沢がぎりりと奥歯を噛みしめながら唸《うな》る。

「言っておくが、それは野々垣の勝手な思いこみだ。俺はおまえを替えがきく愛人だなどと思ったことはない。おまえの替えなどどこにもいないから」

言い聞かせるようにはっきりと言われて、優貴は信じられると思った。

「じゃあ、あの、僕は、日吉さんの恋人…でしょうか？」

「恋人以外のなにものでもないな」

きっぱりと言い切られて、優貴はまたじわりと涙ぐんだ。さっきとは種類のちがう涙だ。

「……うれしいです……」

「そうか」

頷いた滝沢が、そっと優貴の肩を抱き寄せてくる。運転手のことなどすっかり忘れて、滝沢の広い胸に顔を埋め、優貴はうっとりと目を閉じた。


「だ、だめですっ」

ベッドに並んで寝るだけでなく、優貴の体のあちこちにいたずらしてくる滝沢の手を、懸命にぺちぺちと叩いた。

「どうして」

「どうしてって、ケガしているのに」

さっき着替えを手伝った優貴は、パジャマを着るのも一苦労だった右肩の状態を知っている。それなのに、おとなしく寝ることができないなんて。

「お医者さんも、しばらく安静にって……」

「お互いにやっと気持ちが通じ合った、その夜に、ただ並んで寝ろというのか」

「う……」

抱き合いたいという想いはわかるし、優貴とて心が浮き立っている。ただの愛人ではなく大切な恋人だと言ってもらえて、車の中ですぐにでも抱かれたいほどうれしかった。

「おまえが上に乗ってくれればいい」

澄ました顔でそんなことを言われ、優貴は耳までカッと赤くなった。

「もう何度か乗ったことがあるだろう。ほら、してくれ」

「でも……」

広いベッドに腰掛けた滝沢は、肩の痛みなど感じていないのか、すっかりその気だ。パジャマの薄い布地を、股間のそれは勢いよく持ち上げている。

「おまえがやってくれなければ、俺はこれをいったいどこでどう処理すればいいんだ？」

「ぼ、僕がやりますっ」

暗にだれかに代わりにやってもらうようなことを言われたら、優貴は黙っていられない。

「あの、電気を消させてください」

「だめだ」

せめて暗くさせてもらえたらと言ってみたが、あえなく却下だ。理事長室で陽光に包まれながらしたこともあるからいまさらなのだが、やはり恥ずかしいものは恥ずかしい。

滝沢は枕を背もたれにしてゆったりと足を投げ出す。優貴は明るさを気にしながらも滝沢のパジャマのズボンをそっと下ろした。飛び出すようにして現れた滝沢のそれを、優貴は口腔で愛撫する。

何度やっても上手くならない。そもそも滝沢の性器は大きくて、口に含みきれないのだ。両手も使って、優貴は一心に奉仕した。

「優貴、もういい」

「あ……」

顔を引き剝がされる。気持ちよくなかったのだろうか。

「ごめんなさい。どうしたら、上手くなりますか」

「充分だ。これ以上、上手くならなくていい」

「えっ？」

「俺はここでいきたい」

ここ、と滝沢は伸ばした左手で優貴の臀部を触った。男を迎え入れることに慣れてしまった窄まりが、反応してずくんと疼く。

「自分で脱いで、尻をこっちに向けろ」

優貴は目を伏せて羞恥にかたくなりながら、パジャマを脱いだ。全裸で両手と両膝をつき、尻を滝沢に向ける。

「あっ」

谷間を広げられ、そこにぬるりと柔らかいものが這《は》った。滝沢の舌だ。舐められるのははじめてじゃない。だが、なかなか慣れることはできなかった。

「あ、あ、あ、日吉さ、ああっ」

舌と指でそこを解される。その異様な快感。

いくらもたたないうちに、もっと太くておおきなものがほしくなってしまう。滝沢のそれが優貴の唾液に濡《ぬ》れて屹立したままだ。

これがほしい。奥まで入れてほしい。いっぱいに埋めこんで、思いきり強く突いてほしい。ぐちゃぐちゃにかきまわしてほしい。

「日吉さ、お願、も、だめ、そこ…っ」

「もうほしいのか?」

「ほし、ほしい、ですっ」

ずるりと指が抜けていく。

「自分で跨って入れるんだぞ」

「はい……」

優貴はのろのろと滝沢の腰を跨いだ。そこにかたいものをあてがい、じりじりと体を落としていく。ひらかれていく感覚は、かなり苦しい。だが――、

「ああっ！」

とうに勃ちあがっていた優貴の性器を、滝沢が弄ってきた。びくんと腰を震わせたら、その勢いで滝沢のものがぐっと奥まで入ってしまった。

「あ、あ、あ……おっき………」

「上手にできたな。いい子だ」

頬を撫でられ、優貴はほっと息をつく。

「好きなように動いてみろ」

ほら、と下から揺さぶられ、優貴は遠慮がちに体を上下させた。だがしだいに動きは大胆になっていく。滝沢の上で、踊るように体を弾ませた。

「あっ、んっ、い、日吉さ、すご、いいっ」

「いいか？　俺もいいぞ」

「あん、んっ、んんーっ」

背中を引き寄せられ、くちづけられる。情熱的な舌の動きに、優貴は感じてたまらなかった。

「優貴……」

熱のこもった声で呼ばれ、背筋がぞくぞくと震える。

「俺のそばにいろ。ずっとだ」

「はい、います、僕、ずっと……っ」

「愛している」

本気とわかる囁きに、優貴の目からどっと涙があふれた。と同時に、絶頂へと駆け上がってしまう。

「あっ、ひ、ああーっ！」

びくびくと全身を痙攣《けいれん》させながら白濁を撒《ま》き散らした。かまわずに滝沢は突き上げてくる。優貴は休むことを許されず、たてつづけに達した。

一瞬、頭が真っ白になる。だがすぐに激しい快感を与えられて現実に引き戻された。

「あ、あ、日吉さ、あんっ」

「優貴、おまえだけだ」

「日吉さ……ん、好き、大好き、好き」

泣きながら何度も「好き」とくりかえす優貴の最奥《さいおう》に、滝沢の愛の証《あかし》が注がれる。熱い奔流を感じて、優貴は歓喜に泣いた。

「日吉さん、好きぃ……」

「優貴…」

滝沢にかき抱くようにされて、優貴もたくましい首に腕を回す。離さないでと、精一杯の気持ちをこめて。

「まだだ、まだ足りない」

滝沢が体を起こして優貴を組み敷いてきた。

右肩のケガなど無視している。優貴も、もはやそれを咎める余裕などなくなっていた。

「日吉さん………もっと、もっとして、もっとちょうだい……」

「くっ、優貴…っ」

体内に留まっていた滝沢が、萎える間もなく、さらにぐぐっと力を張らせる。

「うれしい……」

求めてもらえて嬉しい。優貴はぽろぽろと幸せの涙を流しながら、突いてとねだった。

「優貴、おまえは本当に……」

苦笑を浮かべる滝沢に、優貴はなにか間違ったことをしてしまったかとふと心配になったが、与えられる激しい快感に翻弄《ほんろう》され、それどころではなくなる。

「ああ、ああ、日吉さん、ああっ！」

ベッドの上には、いつまでも優貴の濡れた声があふれつづけた。

おわり

愛と苦悩の温泉レシピ

「野々垣《ののがき》、頼みがある」

「嫌だ」

仕事納めを三日後に控えた十二月二十六日、出勤途中の車の中で、滝沢日吉《たきざわひよし》は頼みごとの内容を口にする前に、秘書に拒絶されていた。

「なんだその態度は。せめて内容を聞いてから断るなり受けるなりするべきだろう」

憤慨する滝沢に、小学生のころからの同級生でもある秘書は、冷たい目を向けてきた。

「どうせ碌《ろく》でもない頼みだろうと推測できるからだ。俺《おれ》はおまえの秘書だが、プライベートの世話まではしないぞ」

「どうしてプライベートだと決めつけるんだ」

「違うのか？」

ビジネス上のことならばどんな無茶《むちゃ》ぶりでも応《こた》えてくれる有能な野々垣だ。滝沢の返答如何《いかん》によっては、即座に動いてくれるだろう。だが頼みごとはビジネス関係ではなかった。

「正月に優貴《ゆき》を旅行に連れていってやりたい」

「思いっきりプライベートじゃないかっ」

野々垣は秀麗な顔を般若のように歪《ゆが》めて睨《にら》んできた。ここまで野々垣が不機嫌になるには正当な理由がある。師も走るという師走。三日後に仕事納めのこの時期、滝沢も野々垣も超がつくくらい多忙だった。ただ仕事が忙しいだけではなく、毎年のこととはいえ、週末ごとの忘年会とクリスマスパーティーは疲れる。十二月に入ってから、ほぼ休みはなかった。

じつはサイボーグじゃないかと疑うほどに冷静で体調を崩さない野々垣だが、やはりこの時期だけは辛《つら》そうなそぶりを見せる。それほど過酷な十二月なのだ。

「たしかに優貴絡みはプライベートだが、ここでリフレッシュしないと正月明けの俺は使いものにならないぞ。それは困るだろう？」

「どんな脅しだ、それは」

「昨日は二十五日だっただろう。優貴はなにも言わないが、イブから、秘かに楽しみにしていたようなんだ。だが俺はなにもしてあげられなかった。二十四と二十五日の二日間で、パーティーを合計十件もはしごしたんだからな」

「わかっている。私も同行していたからな」

「寂しがらせてしまった。優貴のような存在を得てから年末を迎えたのははじめてだったから、要領が摑《つか》めなかった。かわいそうなことをしてしまったと反省している。だからせめて正月は楽しませてやりたい」

「おまえの気持ちはよくわかったが、こんな時期になってから正月に旅行なんて、無理だろう。飛行機のチケットなんて取れないぞ」

「いや、飛行機は考えていない。優貴はたぶんパスポートを持っていないだろう。国内の、それも近場でいい。移動に時間をかけるのは面倒《めんどう》だ。温泉旅館でゆっくりしたいんだが、どうだろう」

「どうもこうも、温泉なんてあの子は喜ぶのか？　まだ二十歳の若者だぞ。地味すぎだろう」

「俺だってまだ三十代の若者だ」

「三十代が若者か？　おまえ、気持ちが若いにもほどがあるぞ。これだから若い恋人を持った奴《やつ》ってのは……」

「とにかく、俺は優貴と二人でどこかへ出かけて、自宅以外でゆっくりしたいだけだ。温泉をあいつが喜ぶかどうかという心配はいらない。優貴はたぶん、俺と一緒であればどこでもいいはずだ」

しごくまっとうな意見を述べたのだが、野々垣は不愉快そうに顔を歪めた。

「よくも私にノロケてくれたな。気色悪い」

「失礼な奴だな」

いかん、話が逸《そ》れている。

「優秀な秘書であるおまえなら、いまからでも一流旅館の専用露天風呂《ぶろ》がついているような部屋を探せるだろうなと思って、頼みたいんだ」

「何気にハードルを上げたな」

野々垣は額に手をあてて、ため息をついている。やりたくない空気がぷんぷん臭《にお》ってくる。断るつもりか。

「こころよく引き受けろよ。俺が頼んでいるんだぞ。断ったらどうなるか、長い付き合いのおまえにならわかっているだろう？」

「脅すな。わかっているさ、拗《す》ねたおまえがどうするかくらい。さっき言ったように正月明けの仕事を放棄するつもりだろう」

「尻《しり》ぬぐいに奔走するのは大変だろうな」

「他人事みたいに言うな。あとで困るのは自分だろうが」

たしかに少しは困るだろうが、挽回《ばんかい》する自信があるので滝沢はふふんと鼻で笑った。野々垣は憂鬱《ゆううつ》な表情でうらうらと首を横に振る。

「……こういうとき、人は転職を考えるんだろうな……」

「転職は許さないぞ。どこへ行こうとも妨害してやるからな。おまえは昔っから俺のものだ。おまえ以外に私の秘書は勤まらない」

「はいはい。熱烈な愛と執着をありがとうございます」

野々垣はもう一度ため息をつき、「しかたがないな」と折れてくれた。

「とりあえず、探してみる」

「そうか。よろしく頼む」

野々垣が引き受けてくれたなら、もう確定したも同然だ。正月は優貴と二人で温泉だ。しっぽりと愛を育《はぐく》むことができたら、とても楽しい。寂しい思いをさせてしまった分、たっぷりと優貴を可愛《かわい》がってあげよう。

このとき、滝沢は野々垣が探してきた旅館にとんでもない事態が待っているとは、思ってもいなかったのだった。

仕事納めの二十九日、野々垣は数枚のカラーコピーを滝沢に差し出してきた。旅館のホームページをそのままプリントアウトしたもののようだ。箱根《はこね》の高級旅館らしき写真は、老舗《しにせ》らしく情緒あふれた佇《たたず》まいだった。

「三十一日の大晦《みそか》日から、一月三日までの三泊四日だ。ご希望の専用露天風呂つきの最高級ランクの部屋で、一人一泊七万円。正月の特別料理を頼むと、プラス一万円だそうだ」

「さすがだ、野々垣。素晴《すば》らしい」

滝沢は思わず立ち上がり、デスク越しに野々垣の手を取った。ぎゅうぎゅうと握って感謝の気持ちを伝えるが、野々垣は仏頂面に疲労を滲ませて、にこりともしない。

「大変だった。ものすごく大変だった。だから奥の手を使ったが、行ってみて何かに驚愕《きょうがく》したとしても、私を責めるなよ」

「なんのことだ？」

滝沢が首を捻《ひね》ると、野々垣はふっと意味深に笑った。

「おまえは小玉《こだま》君を旅行に連れていきたかった。第一の目的はそれだったはずだ。だから私は手段を選ばなかった。そういうことだ」

「もしかして心霊現象とかのいわくつきの旅館なのか」

滝沢ははっきりいって霊なんて全然怖くない。信じていないからだ。だが優貴はどうだろう。怖がるかもしれない。もし優貴が怖がったとしても、毎晩疲れ果てるまでセックスして寝かせてしまえばいいのではないかと、滝沢は鬼畜な解決方法を考えた。

しかし、そうではないらしい。

「いや、心霊現象はないはずだ。ここは最高級の旅館として評価が高い。サービスも建物も温泉も、きっと贅沢《ぜいたく》に慣れたおまえも満足するだろう」

「だったらなにも問題はない」

滝沢はご機嫌でそのコピーを見た。なるほど、掲載されている写真はどれも感じがよさそうだ。それだけの宿泊費を取るのなら、それなりにサービスも期待できるだろう。

「じゃあ、そこでいいんだな」

「いい。ありがとう」

「そうか」

やれやれと野々垣はひとつ息をつき、社長室を出ていった。今日は仕事らしい仕事はもうない。あとは適当な時間にそれぞれ帰宅するだけだった。野々垣はしばらくしてコートを手に戻ってきた。

「じゃあ、私はこれで帰らせてもらう。今年もよく働いた……」

遠い目になっている野々垣を、滝沢は意地悪な笑みで見遣った。

「来年も馬車馬のように働かせてやるから、期待していろ」

「ほどほどにしてくれていい」

「それ相応の給料は払っているだろう」

「だから、そっちもほどほどでいい。私はおまえほど享楽的に生きているわけじゃない」

確かに、野々垣には趣味らしいものはなく、現在付き合っている女もいない。いったいなにを楽しみに生きているんだと時折問い詰めたくなるが、会社で辣腕《らつわん》をふるってくれれば滝沢にはなんら問題はないので、プライベートに踏みこむ予定はなかった。

「それじゃあ、私はこれで帰らせてもらう」

「今年もご苦労だった。来年も頼むぞ」

ご機嫌な滝沢を野々垣は物言いたげにしばし見つめたが、結局はなにも言わずに帰っていった。

「俺も帰ろう。優貴が待っている」

コピーを折りたたんでスーツの内ポケットに突っこみ、滝沢は会社を後にした。送迎車に乗って屋敷に帰ると、やはり優貴が待っていてくれた。広いエントランスに優貴の笑顔を見つけると、一日の……いや一年分の疲れなど吹っ飛ぶ。もちろん、そう簡単に笑顔を見せる滝沢ではないが。

「お帰りなさい、日吉さん」

「ただいま」

感情を顔に出していないはずだが、なんとなく浮き足立っているのは勘付かれてしまったらしい。

優貴は滝沢のあとについて歩きながら「会社でなにかあったんですか？」と聞いてきた。

「どうしてそう思う？」

「楽しそうです。とっても」

どこがどう楽しそうに見えるのかわからないが、優貴に気づかれても悪い気はしない。滝沢は自分の部屋に入りながら内ポケットからコピーを取りだし、優貴に渡した。

「これは？」

「明後日《あさって》の大晦日から一月三日まで、そこへ行くことになった。支度しておけ」

「えっ……」

優貴は慌ててコピーを広げ、穴が開くほどに凝視している。滝沢はそんな優貴を放《ほう》っておいてスーツを脱ぎ、部屋着に替えた。内線電話でお茶を持ってきてほしいと使用人に頼む。

「ひ、日吉さん……」

「なんだ」

優貴を振り返ってみて驚いた。なんと、泣いているではないか。大きな目を潤ませて、いまにも涙をこぼしそうだった。

「どうした、優貴」

「こ、これ、あの……僕と日吉さんの、二人で…ですか」

「あたりまえだ。ほかのだれを連れていくと言うんだ」

「二人で…こんな旅館に……」

コピーを持つ手がふるふると震えている。これは悪寒がするほど嫌がっているわけではないだろう。そうすると、涙が出て手が震えるほどうれしいという結論になってしまうが、正解だろうか。

「おい、優貴？」

「日吉さーん」

いきなり優貴が体当たりしてきた。いや、抱きついてきた。ドスーンと胸にぶつかってきた小柄な体を、滝沢はなんとか受け止めたが、支えきれずに後ろにひっくり返った。いくら小柄でも優貴は成人男性だ。力いっぱいぶつかってきたら、それ相応の衝撃を受ける。運のいいことに、後ろはベッドだった。二人してベッドに倒れこむ。

「日吉さん、日吉さん、日吉さんっ！」

「なんだ」

「嬉しいです、嬉しいです、嬉しいですっ」

「わかった。一回言えばいい。きちんと伝わっているから」

喜ぶだろうと思っていたが、ここまで狂乱するとは。優貴は滝沢の胸に顔を押しつけている。じわじわとシャツが濡《ぬ》れてきたなと思ったら、顔を伏せたまま優貴がずずっと洟《はな》をすすった。

優貴以外の人間がこんなことをしたら「汚い」とぶん殴るところだが、優貴の体から出るものを汚いと感じたことがないので腹も立たない。我ながらどうかしている。ここまで一人の人間に入れこん

だのははじめてなので、どこまで自分がエスカレートするのか予測がつかない。

愛《いと》しさがぱんぱんに膨れ上がってくる胸をもてあましながら、優貴の頭をよしよしと撫《な》でてやった。髪の感触が気持ちいい。この屋敷で生活するようになってから、優貴はずいぶんと栄養状態が良くなった。肌はよりいっそうきめ細かくふっくらとしたし、髪はつやつやだ。アルバイトに体力を使わなくてよくなったため、そのぶん勉学に励んでいるし。

多少、強引ではあったが、優貴を屋敷に住まわせて良かったと思う。

「僕、こんな高そうな旅館なんてはじめてです。すごく楽しみです。ありがとうございます」

あまり感激されると照れくさいものだ。滝沢はなんだか居たたまれなくなってくる。

「優貴、それはおまえのために計画したものじゃないからな。十二月は忙しかったから、すこし息抜きがしたいと思っただけだ。一人ではつまらないから、誰かを連れていこうかと――」

「はい、行きます。どこへでもついていきます」

優貴は無邪気にぐいぐいと顔を押しつけてくる。ああ、かわいい。優貴は滝沢とちがって気持ちがまっすぐでなにも隠さない。いや隠すことが下手だ。滝沢にとって優貴は安心して側に置ける人間で、癒《いや》しでもあった。

「あの、怒らないでくださいね」

優貴は涙で濡れた顔をほんのちょっとだけ上げて、おずおずと告白した。

「ここのところ、日吉さん、帰りが遅かったじゃないですか。パーティーとか、年末で仕事が忙しいのはわかっていましたけど、ぜんぜん顔も合わせない日が何日も続くと、僕のことなんか、もう嫌いになっちゃったのかな…って不安に……」

たかが一カ月ほど放っておいただけで、どうしてそこまでネガティブになるのか、理解に苦しむ。滝沢が不愉快な気分を隠さずにムッとしたら、優貴は慌てて付け足した。

「あの、本気でそんなことを考えたわけじゃないんです。ただ寂しくて、ちょっぴり不安になっただけなんです。だって、仕事だってわかっていても、出かけた先にはきれいな人がたくさんいるでしょう？　僕なんか平凡すぎて、比較にもならないんじゃないかと思って」

たしかに滝沢に寄ってくる人間は、それこそ容姿を売りにするような美男美女ばかりだ。かつては気分しだいで適当に遊んだ。だがそういう人間たちは遊びの対象でしかありえず、いま滝沢が心を奪われているのは優貴という名の小動物系の生き物なのだ。

「俺は純粋に仕事で多忙だっただけだ。余計な心配はするな」

「はい……。ごめんなさい」

優貴は顔を伏せて、滝沢の胸に頬《ほお》ずりしてきた。

「でもね、こういう心配って、きっとなくならないと思います。世の中にはびっくりするほどの美人っているから」

「それはいるだろうが――重要なのは中身だろう。おまえは外見で判断するのか？」

「いいえ、いいえ」

優貴は急いで首を横に振ったが、「あ……」と目を瞬《まばた》いた。

「でも、日吉さんは一目見たときからカッコいいって思いました。すごくスタイルが良くて、スーツが似合ってて、彫りの深い顔立ちが印象的で、目に力があって、見惚《みほ》れちゃいました」

いままで散々贈られてきて聞きあきた褒め言葉だが、優貴に言われるとなぜだか新鮮だった。なんの打算もないからだろうか。

「えっと、でも、カッコいいから日吉さんを好きになったわけじゃなくて、じつは優しいところとか、照れ屋さんなところとか、ものすごく仕事ができてバリバリ働いていて、みんなに尊敬されているところとかも好きです」

優貴はにこっと全開の笑顔を向けてくる。

このかわいい生き物をとことん弄《いじ》くり回して泣かせてしまいたい衝動に突き動かされた。

ぐるりと体勢を入れ替えて、優貴をベッドに組み敷く。目を丸くしている優貴にくちづけた。

「んんっ」

ぽかんとしている小さな口に吸いついて、いきなり舌を挿入する。薄っぺらい小さな舌をべろべろに舐《な》めて絡めて吸いあげた。薄目を開けて優貴の表情を観察してみれば、顔を真っ赤にして眉間《みけん》に皺《しわ》を寄せ、苦しそうにしている。頬よりもずっと赤く染まっている耳を見つけ、指で摘《つ》まんでみた。

「ん、んんっ」

優貴がびくんと震えて、首までカーッと真っ赤になる。わかりやすい反応に笑ってしまいそうになった。面白《おもしろ》くて、両耳を両手でそれぞれ揉《も》み揉みと弄ってみる。ディープキスは続けたままだ。優貴はひくひくと舌をひらめかせ、目尻に涙を溜《た》めた。感じてたまらないのだろう。かわいい。もっと泣かせるにはどうしたらいいか。

股間《こかん》を大腿《だいたい》でぐいぐいと擦《こす》ってみた。

「ん、ん、ん、んーっ」

優貴は逃れようともがくが、放すわけがない。耳から手を移動させて、服の上から乳首を撫でた。すでに尖《とが》っているそれを、指先で押しつぶすようにすると、優貴の腰がびくんと跳ねる。大腿の下で股間が一気に固くなったのがわかった。

唇を解放すると、優貴は涙目で熱い息を吐く。

「ひ、日吉さ、んっ、あ、もう……っ」

「どうした？」

「あっ、あ、あんっ………」

乳首と股間への刺激はすべて服の上からだから、もどかしてくたまらないようだ。無意識だろう、腰をもじもじと動かしている。ほら、言え。どうしてほしいのか、その口で言ってみろ。

「も、ダメです、それ、やめてくださ……っ」

「なにがダメなんだ？　なにをやめろって？」

「そ、それ……」

「それってなんだ？」

「む、胸と………足の、ところ………」

「もっとはっきり言ってくれないと、わからないな」

優貴は滝沢に抱かれるようになってからもう半年以上にもなるというのに、羞恥《しゅうち》がなくならない。

だがそれがいい。優貴ならではの奥ゆかしい性格のせいだろう。

「……いじわる、しないでくださいぃ……」

ぐすんとまた洟をすする優貴は、ぞくぞくするほどかわいい。優貴のペニスはもう限界に近いほどになっている。このままいかしてしまおうか。服の中で射精してしまった優貴は、どんな表情を見せるだろうか。

もちろん、それで終わりにするつもりはない。滝沢もひさしぶりの触れあいに、情欲が高まってきていた。ちょっと苛《いじ》めるだけのつもりだったが、男としての本能が理性を喰《く》い破ろうとしている。

「胸というのは、ここのことか？」

「あうっ」

乳首を摘まんだ。優貴は背中をのけ反らせて快感を訴える。

「ここは、乳首だろう？　名称を忘れたのか？　ほら、言ってみろ。乳首だ」

「……ち、ちくび………」

「そう。そしてここは、なんだった？」

大腿で股間をぐっと押してやると、服の下でペニスがぬるっと動いたのがわかる。先走りでべたべたになっているのだろう。優貴は切なげな顔をして、「性器……」と小さく答えた。

「ちがうだろう。俺はそんな呼び方を許した覚えはないぞ。きちんと言わないと、ここで終わりだ」

体を起こそうとすると、優貴は慌ててしがみついてきた。この状態で中断されたら辛いのはわかっている。優貴は何度か舌で唇を舐め、蚊の鳴くような声で言い直した。たった五文字の幼児言葉を口にすることに、優貴はものすごく抵抗があるようだ。そういうそぶりをされると、滝沢は俄然《がぜん》萌えるのだが。

「よく言えたな。ご褒美だ」

くちづけながら、大腿で股間をぐりぐりと強く擦ってやった。おまけとして乳首も弄ってやる。

「んっんっんーっ、んーっ」

口腔《こうこう》内で叫びながら、優貴は全身をびくびくと震わせて達した。下着の中は大変なことになっているだろう。くっくっくと喉《のど》で笑いながら、胸を喘《あえ》がせて茫然《ぼうぜん》としている優貴を見下ろす。頬にキスをすると、のろのろと視線が動いて、眉尻《まゆじり》を下げた情けない顔になった。

「日吉さん……僕……僕……」

服の中でいっちゃいました、と言えずに、優貴は口ごもる。すぐにでも着替えたい、あるいはシャワーを浴びたいと思っているだろうが、現状を報告できなければ滝沢は放さないとわかっているから、優貴はものすごく困っている。なにを考えているか、手に取るようにわかって面白い。

「優貴、これをどうすればいいと思う？」

滝沢はおのれの股間を優貴の腹部に押しつけた。かちかちになっているペニスは、愛撫《あいぶ》を待っている状態だ。優貴は「あっ」と声を上げて、手を伸ばしてきた。滝沢のそこに触れて、大きさと硬度を確かめている。

「ずっとしていなかったから、溜まっている。いますぐにでも、楽になりたいんだが」

「は、はい」

優貴は大真面目《まじめ》な顔で頷《うなず》き、体勢を入れ替えてきた。滝沢を座らせて、足の間に額《ぬか》づく。

「あの、フェ、フェ……………ラチオ、しても、いいですか」

また首まで真っ赤になりながらカタカナ五文字を発し、滝沢を喜ばせる優貴だ。

「いいぞ」

滝沢の許可を得て、優貴はパンツのボタンを外して下着をずらし、中から勃起《ぼっき》したものを取り出した。溜まっていた分、いつもより大きくなっているような気がする。優貴もそう思ったのか、びっくりした表情になった。だがすぐに自分がやるべきことを思い出したのか、先端にキスをしてきた。

優貴は小さな口を精一杯広げて、滝沢の屹立《きつりつ》を口腔に迎え入れていく。あたたかな口腔の粘膜に包まれて、陶然となった。吐き出してしまった体液で股間が気持ち悪いだろうに、滝沢の欲望を優先する優貴が、愛しくてならない。

とりあえず、一回抜いてから、一緒にシャワーを浴びてたっぷりと可愛がってやろう。使用人に飲みものを頼んだことなんてすっかり忘れている滝沢だ。

朝まで何回泣かせることができるか――それしか頭にない滝沢は、完全に優貴という恋人にはまっていた。


「わあ、すごい……」

車を降りた優貴は、旅館の門を前にして感嘆した。黒々とした瓦《かわら》を乗せた数寄屋門《すきやもん》は確かに立派で、ほとんど芸術品と呼んでもいいくらいだ。そして旅館の敷地をぐるりと囲む竹垣は職人の手仕事で生み出された、これも芸術的な美しさだった。敷地はかなり広そうなので、この竹垣がぐるりと囲んでいるとしたら、それだけで相当な手のかけようだ。これは期待できそうだと、滝沢は心の中で野々垣に「グッジョブ！」と叫んでいた。

「いらっしゃいませ」

到着時間を知らせてあったので、門の前には旅館の名前を染め抜いた法被《はっぴ》姿の男が二人いた。

「滝沢だ」

名乗りながら一人に車のキーを渡すと、もう一人がトランクから荷物を運び出してくれる。二人とも滝沢より年上そうだ。余計な無駄口を叩《たた》かず、動きには無駄がない。なかなか好感が持てる従業員だ。

「ではお車は駐車場へ動かしておきます。外出時にはフロントへお申し付けください」

「ああ、頼む」

二人分のトランクを持った従業員に案内されて、門をくぐった。期待通りの手をかけた庭と、情緒溢《あふ》れる玄関が見える。玄関までは天然石が敷かれた道が続き、緩いカーブを描いていた。その両脇《わき》には苔《こけ》がみっしりと生えている。石灯籠《いしどうろう》は歴史を感じさせつつも美しい造形が保たれ、見事な枝ぶりの松は威厳を感じさせながらも重すぎない程度に静かに立っている。

玄関の格子戸の向こうには広いエントラスとロビーがあり、適度に間隔をあけて座り心地が良さそうな、シックな色合いのソファが配置されていた。驚いたことに床は廊下も含めてすべて畳敷きになっている。通り過ぎていく着物姿の仲居たちは足袋を履いていた。

「当旅館ではスリッパではなく、布草履か足袋で寛《くつろ》いでいただいています。まず、あちらの足湯で旅の疲れを癒してください」

荷物を持った従業員はロビーの片隅に作られている足湯のスペースに滝沢たちを案内してくれた。

なるほど、ここで靴と靴下を脱いでしまえということか。若干、変わっているが、年配の客には好まれるサービスだろう。優貴はどう思っているのかと様子を窺《うかが》えば、目をキラキラさせて豪華なロビーの装飾を眺めていた。楽しんでいるようだ。

勧められたとおりに足湯のスペースに行き、優貴と二人でパンツを膝《ひざ》までめくりあげて湯に浸《つ》かる。なるほど、気持ちがいい。慣れない長距離運転で、自覚がないままに滝沢は疲れていたようだ。ふぅと息をついたのを、優貴が「大丈夫ですか？」と気遣ってきた。

「すこし疲れたが、たいしたことじゃない。たまには自分で運転しないと忘れるからな」

「そういうものですか？　でもドキドキしました。日吉さんが運転する姿を見たのははじめてだったので……」

「なんだ、事故を心配していたのか？」

「まさか、そんなこと心配してませんよ。ちがいます。その……運転する横顔がカッコよくて、ドキドキしたんです」

えへ、と照れ笑いをしながら優貴が可愛いことを言うので、滝沢はいますぐにでも部屋に直行して抱きたくなってしまった。

仕事納めの夜に一カ月分を取り戻す勢いでセックスしたため、翌日の三十日は腰が立たなかった優貴だ。やりすぎたと反省した滝沢は、三十一日からの旅行に支障が出てはいけないと、一日中屋敷にいたのに優貴には触れないようにしたのだ。おかげで優貴は回復したが、滝沢は悶々《もんもん》とした。多忙なときはセックスレスをたいして気にしないが、自分に時間の余裕があるのになにもできないのは非常につまらなくて辛い。旅館に着いたら、まず一回セックスしようと、がっついた十代の若者のような予定を立てていたのだ。

「お客様、こちらの宿泊カードにご記入をお願いします」

足湯のスペースにはテーブルがあり、湯に浸かったままチェックインの手続きや、軽食を楽しむこともできるらしい。カードとボールペンを手渡され、その従業員がさっきの男ではないことに気づいた。声がもっと若い。しかも、不思議なことに耳に覚えのある響きだったのだ。

ふと顔を上げて、滝沢はフリーズした。

「いらっしゃいませ。滝沢日吉さま」

旅館の法被を着て、にっこりと微笑《ほほえ》んだのは、なんとかつて関係を持ったことがある向井裕輔《むかいゆうすけ》だった。もう二、三年も前のことだが、向井との最悪な日々は記憶に新しい。姿形だけで選ぶとこういうことになるという、お手本のような相手だったからだ。

「おひさしぶりです。お元気でしたか？」

「あ、ああ。まあ……」

できれば二度と会いたくなかった。向井は以前と変わらず、内側からしっとりとした静かな光を発するような美貌《びぼう》を誇っている。優しそうな容姿ではあるが、肉食系の貪欲《どんよく》さが目に現れていた。

「おまえは、どうしてここに」

「ここは私の実家です」

そういえば、実家は旅館だと聞いた覚えがある。だが箱根だとは知らなかった。

向井は爽《さわ》やかな営業スマイルを浮かべ、ワイシャツとネクタイの上に法被を羽織った格好はどうに入っている。関係があった当時、向井は滝沢学院の学生だった。すぐに別れてしまったが、その後、院に進んだと小耳に挟んだ。もう卒業した年だっただろうか。

「もう卒業したのか？」

「いえ、まだ在学していますよ。年末年始とお盆の期間中は多忙なので、いつも帰省して手伝うことにしているんです」

なんてこった――と内心で嘆いたが、足湯に浸かっている状態でいますぐ立ち去るわけにはいかない。

「野々垣さんからご連絡をいただいて、最高級の部屋を用意いたしました。気に入っていただけると嬉しいのですが」

「そうだ、野々垣だ。あいつ……」

ここが向井の実家だと知っていて部屋を取ったのか。そういえば「奥の手を使った」とか「行ってみて何かに驚愕したとしても、私を責めるな」とか、色々と言っていた。

たしかに滝沢の第一の目的は、優貴を旅行へ連れていくことだったが、行った先に元カレがいたのでは寛げないではないか。

「あの、日吉さん……。お知り合いですか？」

遠慮がちに優貴が横から訊《たず》ねてきて、滝沢は平静を装った。

「まあ、知り合いというほどのものじゃないが、こいつは滝沢学院の院生だ」

「へぇ、そうなんですか」

優貴は目を丸くして、邪気のない笑顔を向井に向けた。

「はじめまして、小玉優貴といいます。とっても素敵《すてき》な旅館ですね。豪華できれいで、圧倒されちゃいました。この足湯も、すごく気持ちがいいです」

「そうですか。気に入っていただけたのなら嬉しいです。今回お泊りいただく部屋には専用露天風呂がついていますし、大浴場もございます。ぜひ自慢の湯を堪能《たんのう》していただきたいですね」

「こんなちゃんとした旅館に泊まるのははじめてなので、すごく楽しみです。ゆうべはよく眠れなかったくらいで」

「それはそれは、まるで遠足に興奮する小学生のようですね」

笑顔のままでズバリと嫌味を口にした向井に、滝沢はぎょっとした。優貴は嫌味だとは受け止めなかったようで「そうかもしれません」なんて笑っている。

「小玉さまはおいくつですか？　十七歳以下でしたら、ちょっと都合が悪いのですが」

「二十歳です。よく成人しているようには見えないって言われるんですけど」

「ああ、そうでしたか。良かったですね、滝沢さま。こちらの方が成人していて。うっかり通報するところでしたよ」

「おまえな……」

ムカついて摑みかかろうとした滝沢の手を、向井はするりとすり抜けた。

「お部屋にご案内いたします。こちらのタオルをお使いください」

足湯の横にはタオルが用意されていた。布で編まれた草履と足袋もある。とりあえず草履を履いた。

布の感触は柔らかくて足の裏に気持ちいい。鼻緒に慣れない者でも、大丈夫そうだった。

「荷物は先にお運びしました。こちらです」

三泊四日の予定ではあるが、滝沢はすでにここに泊まる意思はなくなっている。だがこんな場所で騒いでもマズイだろうと、向井についていった。優貴もうきうきした足取りで後に続く。

「こちらの『紅葉の間』です」

長い廊下を進み、何度か角を曲がってたどり着いたのは、十畳の和室が二間と、広縁を持つ部屋だった。広縁の一角に脱衣スペースがあり、その奥に総ヒノキ造りの露天風呂がある。

「こちらの露天風呂は天然掛け流しで、大人二人がゆったりと入れるほどの大きさです。秋は庭の見事な紅葉が見られるのですが、あいにくとすべて葉は落ちてしまいました。次回はぜひ、紅葉の季節においでください」

二度と来るかと、滝沢は腹の中で毒づく。優貴は控えめにはしゃぎながら、部屋のあちこちを見て回っている。

「食事はこちらにお運びします。何時ごろがよろしいでしょうか」

「えー、何時がいいのかな。ねえ、日吉さん」

優貴が意見を求めてくるが、滝沢はいますぐ帰りたい。せっかくここまで来て屋敷に戻るのはなんだから、別の場所——ラブホでもどこでもいいからこの旅館以外に泊まりたいと切実に思った。

滝沢の不穏な空気を聡《さと》い向井が感じないわけがない。だが素知らぬふりをするくらいには意地が悪いのが向井という男だ。

「本日は大晦日ですので、年越し蕎麦《そば》もご用意しております」

「えっ、お蕎麦？」

優貴が喜色を浮かべる。

「早めに夕食を終えられて、年を越すころに蕎麦を召し上がってはどうでしょう。純国産の蕎麦粉を使用した手打ちです。蕎麦つゆは料理長自慢のだしを使った、味わい深いもので、毎年お客様からはご好評をいただいております」

向井のセールストークに、優貴の顔が期待いっぱいになっていくのがわかる。滝沢は思わず舌打ちした。できればすぐにでもここを出たいが、楽しそうな優貴にそんな非情な仕打ちはできそうにない。しかも帰る理由が説明できない。昔のこととはいえ、向井と関係があったなどと、純真無垢《むく》な優貴に打ち明けるのは躊躇《ためら》われる。いまは無関係だとしても、優貴は絶対に気にするだろう。せっかくの正月休みが嫌な雰囲気になってしまう。

「テレビ欄はここにあります。ケーブルテレビも見ることができますので、ご自由に映画やアニメなど視聴してください。ああ、二十歳の成人している男性はアニメなんて見ませんよね。失礼しました。こうしてお顔を拝見しながら話をしていると、どうしても中高生としか思えなくて」

向井は笑顔で優貴を貶《けな》したが、言われた当人は意地悪とは受け止めず「童顔ですから」と一緒に笑っている。容姿だけを比べれば向井の方が上だが、中身は天と地ほども違う。優貴のなんと清純なことか。

愛すべき生き物である優貴を、やはり悲しませることはできない。このまま帰るのは、しかたがないが断念しよう。滝沢は苦汁の決断をせざるを得ない。

とにかく、向井をこれ以上、優貴に近づけなければいいのだ。余計なことを吹きこまないように滝沢自身が見張りになろう。そして、一晩過ごしたら、明日にはチェックアウトすればいい。今夜だけ我慢だ。

「それでは、ごゆっくりお寛ぎください」

向井が丁寧に礼をして紅葉の間を辞していく。滝沢はその姿を横目で見ながら、優貴の様子も窺う。

「テレビをつけてもいいですか？」

「好きなものを見ていろ。俺はちょっと電話をかけてくる」

携帯電話だけポケットに入れて、部屋を出た。案の定、向井が廊下で待っていた。その整った顔には営業スマイルはない。意地悪そうな笑みで、滝沢を見遣ってくる。

「…………ホントに、ひさしぶりだね、理事長さん」

「ああ、そうだな。二度と会うことはないと思っていたが……」

滝沢は廊下に二人きりであるのを確認してから、不愉快な気分を隠すことなく向井にぶつけた。

「おい、さっきの言動はなんだ。俺じゃなく、優貴に嫌味を言うのは筋違いだろうが」

「あの子は自分が嫌味を言われているなんて、まったく気づいていないみたいだったけど？」

そう言われるとそうだが、本人がわからないからいいというわけではない。

「俺たちは客だ。この旅館は客に対してムカツク言動をするのがサービスなのか」

「まさか。プライドにかけて、きちんとサービスさせていただきますよ。たった一カ月でポイ捨てされた恨みを、意地悪な言葉のひとつやふたつで解消しようっていうんだから、いいじゃないか。そもそも、野々垣さんにどこでもいいから旅館を押さえろと命じたのはあなたでしょ。うちはそれを融通しただけ」

「……俺に連れがいると知っていて、受けたんだろうが」

「あったりまえ。野々垣さんから、あなたが本気になっているって聞いて興味津々だった。いったいどんな美男かと思いきや、アレなんだから……」

向井は小馬鹿《こばか》にしたような笑みで、閉められた紅葉の間の襖《ふすま》を見遣る。よく知りもしない他人を、外見だけで判断して自分よりも下に見る——人として最低の態度だ。

かつて、滝沢は向井のこうした腐った性根が嫌いで別れた。大きな旅館の一人息子として生まれ育った向井は、かなり甘やかされてきたらしい。しかも常に従業員がいたから、身の周りのことはすべて人任せだった。自分は選ばれた人間で、人の上に立つべくして生まれたと思っているふしがある。

滝沢は向井の洗練された容姿と物腰を気に入って口説いたが、それを受けた向井は、滝沢の地位と名声に惹《ひ》かれただけだった。わずかでも愛情があったなら、付き合いはもうすこし長かっただろう。愛がなく、二人の間にはセックスの快楽と欺瞞《ぎまん》と駆け引きだけがあり、滝沢はわずか一カ月で向井

の顔も見たくなくなったのだ。確かに一方的な別れ方をした自覚はあるが、あれ以上、一緒にいたとしても、きっとなにも生まれなかった。

「おまえが恨んでいるのは俺だろう。優貴は関係ない。なにも知らない純真な子なんだ。おまえがあれこれとちょっかいを出していい人間じゃない。もう近づくな。おまえと俺の過去は喋《しゃべ》るなよ。もう何年も前に終わったことだが、あいつは知ったら傷つく。昔の関係を匂《にお》わせるような言動をしたら、容赦しないぞ」

どう容赦しないかまで事細かに説明はしないが、おそらく向井は想像がつくだろう。滝沢は学院の理事長として教育者の一面もあるが、ほかにいくつかの会社の経営に携わっている企業人だ。向井に痛手を負わせようとするなら、実家であるこの旅館に手を出せばいい。倫理に反しても法律に触れなければ、方法はいくつでもあった。

「へぇ……」

向井は不愉快そうに口を歪めたが、やがて目を細めて小悪魔のように笑った。

「あなたがそこまでだれか一人に執着するなんて、変なの。傲慢《ごうまん》で高飛車で、自分を中心に地球は回っているって豪語していた帝王が、変わればば変わるものだね。面白いけど、気分は良くないな。あんなチンケな子供が、あなたを変えたなんて、胸糞《むなくそ》悪い」

きれいな顔でそんな悪態をつく向井は、おそらく本気で滝沢を恨んでいるわけではない。何年も前にほんの一カ月ほど付き合っただけの男に、いつまでもこだわり続けるようなタマではないからだ。

今回、野々垣が連絡を取ったことで滝沢を思い出し、新しい恋人の顔を拝んでみようと興味が湧《わ》いただけだろう。実際に会ってみたら、優貴は天然系の小動物だった。浅はかな向井は勝ったと思ったにちがいない。優貴を甘く見て攻撃的になっている。

「あの子と同棲《どうせい》しているんだって？　ずいぶんなかわいがりようだ。俺と付き合っていたときは、ホテルで会ってセックスして終わりだったのに」

「過ぎたことだ。現在の俺の生活に、おまえは関係ない」

まったく、面倒くさい男だ。多少、年月がたっていようと、人の本質は変わらないということか。

「とにかく、優貴には必要以上に近づくな」

「そんなに大事にしているんだ」

「うるさい」

言い捨てて、滝沢は向井から離れるために廊下を突き進んだ。別館につながる渡り廊下で立ち止まり、ポケットから携帯電話を取り出す。電話をかけるのは、当然のことながら野々垣だ。

三コールで野々垣は出た。

『もしもし、滝沢か？　箱根に着いたのか』

「ああ、着いた。さっきな。おまえ、とんでもない宿を押さえてくれたな」

思わずドスのきいた声になってしまう。野々垣は電話の向こうでフッと笑った。

『だから忠告しただろ。何かに驚愕したとしても私を恨むな、と』

「ほかに宿はなかったのか」

『なかったから、向井君に頼んだんだよ』

「たしかに俺の目的は優貴を連れて出かけることだったが、こんな旅館じゃ寛げないだろうが」

野々垣を電話で非難しても、現状は変わらない。こんな間際ではなく、滝沢がもっとはやく思いついていれば、空いている宿はあっただろう。日数の余裕がなさすぎたのが原因だ。野々垣一人のせいにはできないと、頭ではわかっていても、向井のあの態度には腹が立つ。

『言いたいことはそれだけか？』

野々垣はため息まじりの声を出す。

『滝沢、わかっているだろうが、私はいま休暇中だ。多忙な十二月を無事に乗りきって、ホッと息をついているところだ。邪魔するな、馬鹿者』

プツ…と通話は一報的に切れた。なんてことだ。

滝沢は仕方なく携帯電話で近隣の宿泊施設を検索した。渡り廊下につっ立ったまま、ときおりほかの宿泊客に邪魔者扱いされながら、何件か電話で部屋が空いていないか問い合わせた。

結果は、惨敗。野々垣が手を尽くしてもなかったのだから、当然といえば当然なのだが、苛立《いらだ》ちが募ってくる。そろそろ日が暮れる時間になってきて、渡り廊下には温かみのあるオレンジ色の照明がともった。廊下の両側は趣のある日本庭園だ。幻想的な雰囲気が演出されていて、見応えがある。これだけでも宿泊料金分の価値があった。

ここが宿としては最高ランクだと認めよう。だが向井がちょろちょろしていて、館内のどこでばったり顔を合わせるかわからないといった状況は、望ましくなかった。

「あ、そうだ、優貴……」

三十分以上もたっていることに気づき、滝沢は紅葉の間に戻った。せっかくの旅行なのに、うっかり放っておいてしまった。

からりと襖を開けながら「待たせたな、優貴」と声をかけようとした滝沢はぎょっとした。

「あ、お帰りなさい。用事は済みました?」

振り返ってほがらかな笑顔を向けてくれた優貴の隣には、なんと向井がいた。二人してテレビを眺めながら歓談していたのか、旅館の従業員でありながら、向井は優貴と一緒にお茶まで飲んでいる。

「おまえ……どうしてここにいるんだっ」

「お連れ様が一人でつまらなさそうだったので、話し相手になっていただけです。ねえ」

向井に同意を求められ、優貴は邪気なく頷く。

ちらりと向井が意味深な目で滝沢を見てくる。いつでも過去を暴露できるぞと、脅しをかけているようなまなざしだった。滝沢は怒鳴りつけたいところをぐっとこらえ、深呼吸して冷静になろうと勤めた。

「理事長のいまの恋人が、こんなに可愛らしい人だなんて、意外でしたよ」

「えっ」

優貴が驚愕して、滝沢に目で「喋ったんですか？」と問うてくる。喋ったのは滝沢ではなく野々垣なのだが、ここで秘書の名前を出すのは罪をなすりつけるようでプライドが許さない。

「ああ、まあな」

滝沢は肯定するしかなかった。優貴は赤くなったり青くなったりと忙しい。堂々とカミングアウトしてくれて嬉しいけれど、学院中に知れ渡ったら滝沢の名に傷がつく――とでも考えているのだろう。それに、屋敷の使用人と野々垣にしか知らせていない事実を、どうして向井にだけ打ち明けたのか不思議にも思っているにちがいない。どう説明するか迷うところだ。

向井は優しく微笑んで、安心させるように優貴の肩を叩いた。

「お客様に安心してお寛ぎいただくためには重要な情報ですから、教えていただいて良かったです。なにも知らずにいたら、もしかして失礼なことをしていたかもしれませんし」

「あの、でも……」

「心配しないでください。口外しません。知人としてより旅館の従業員として、お客様のプライベートは守らなければなりませんから」

わざとらしい営業スマイルだったが、優貴は騙《だま》されてくれたようだ。もうこれ以上、向井と話をさせたくなくて、滝沢は二人の間に割って入った。

「……優貴、夕食までまだすこし時間がある。風呂にでも入ろうか」

「いいですね。そうしましょう」

優貴は嬉しそうに手を叩く。向井が「浴衣はここです」とすかさずテレビ台になっていた和ダンスの引き出しを開けた。余計な世話を焼かずとも、そんなものはちょっと探せばすぐに見つかったはずだ。滝沢は向井に「出ていけ」と視線で出入り口を示した。

向井はちょいと肩を竦《すく》めて頷き、立ち上がる。

「それでは、なにか御用でしたら、内線電話でフロントにお申し付けください。失礼いたします」

礼儀正しく向井は部屋を出ていった。押さえるところは押さえて、あとはちくちくと滝沢を突くつもりか。

向井が出ていった襖を睨みつけ、やれやれと優貴を振り返った滝沢は、ぎくっとした。

優貴がじーっとまっすぐに見つめてきている。なにか気づかれたかと、滝沢は内心焦った。

「ど、どうした？」

「あの、本当に、僕たちのこと、知られても良かったんですか」

「ああ、大丈夫だ、あいつはそんなことを言いふらしたりはしないだろう」

あとでまた脅しておこうと滝沢は決めていた。旅館を盾にすれば、向井は下手に動かない。

「………なんだ、まだなにかあるか？」

優貴が探るような目を向けてくるので、滝沢は自分の言葉を思い出してなにか墓穴を掘るような失言をしたかどうか検証した。とくに思い至らないが、優貴にはどこひっかかる言葉があったのだろうか。

「…………いえ、なんでもありません」

優貴はにこっと微笑み、浴衣を取り出した。

「きれいな浴衣ですねぇ。あ、こっちが日吉さんかな」

白地に井桁《いげた》模様の浴衣は二枚ある。向井が気を利かせて、片方の浴衣は滝沢にサイズが合わせてあるらしく、外国人用の着丈が長いものだった。優貴には標準サイズだ。野々垣が優貴の体格を向井に事細かく喋ったとは考えにくい。滝沢の好みから推測して、標準サイズにしたのだろう。当たっているだけに鬱陶しい。いちいちイラつかせてくれる男だ。

「よし。まずはそこの露天風呂から入ってみるか」

二組の浴衣とバスタオルを抱え、優貴の手を引くと、「あ、え？」とひっくり返ったような声がかけられた。

「僕も、一緒に入るんですか？」

「さっき大人二人が入れるくらいのサイズだって説明されただろう。せっかくだから一緒に入ろう」

予定を切り上げて明日にでも帰るなら、せめて風呂だけでも楽しんでおこう。露天風呂に罪はない。

「えっ、でも……」

滝沢にぐいぐいと手を引かれて広縁へと連れてこられた優貴は、顔を真っ赤にしている。いままで何度も一緒に風呂に入ったことがあるのに、いまさら照れるのか。

屋敷の風呂場には、浴室専用の潤滑剤が置いてあるくらいだ。最初から風呂場でいたす目的で優貴を連れこむときもあれば、事後の処理に風呂場へ行き、きれいに洗ってやっているうちに滝沢がもよおしてきて、そのまま挑んでしまうときもある。明るい風呂場で羞恥に身悶《みもだ》えながらすべてを晒《さら》す優貴の姿は、たまらないものがあった。

いかん、思い出すと勃《た》ちそうになる。

なんにせよ、一緒に風呂に入る行為なんて、いまさらなのだ。

「心配するな。ここではなにもしない」

「…………ホントですか？」

優貴は疑わしげに滝沢を見上げてくる。滝沢の「なにもしない」という言葉はあまり信用できないと、この半年で学習したようだ。たしかにそう言った舌の根が乾かないうちに手を伸ばして、優貴をあんあんと泣かせている。それも何度も。

「優貴、考えてもみろ。この部屋専用の露天風呂とはいえ、外だぞ。おまえがあんあん言ったら響くだろ。紅葉の間の客はいったいなにをやっているんだと、旅館中の噂《うわさ》になる」

「あ、そうか、そうですね」

優貴はそこまで考えていなかったらしく、指摘されてはじめて思い至ったようだ。安心したように頷いたあと、「僕はそんなにあんあん言いませんよっ」と抗議してきた。

「あんあん言ってるって。それはもう盛大に」

「言いませんっ」

「言ってる。俺が言わせてる。おまえは気持ちよくなるとわけがわからなくなるから、自分がなにを口走っているか覚えていないだけだろ。なんなら、今度ビデオにでも撮るか？」

「いやです。絶対にビデオなんかいやです！」

むきになって拒絶してくるから面白くてたまらない。きゃんきゃんとわめく優貴を衝立《ついたて》の内側で脱がせて、「ほら」と露天風呂へと押しやる。結露ですこし曇ったガラス戸の向こうに、ヒノキで造られた長方形の浴槽が見えた。ライトアップされた庭が眺められるようになっている。雨の日でも入れるようにか、立派な太さの柱に支えられた屋根がついていた。

「湯船に入る前に体にかけ湯をするんだぞ」

「そのくらい知ってます」

不貞腐《ふてくさ》れたような声を発しながら、優貴は先にガラス戸を開けて外に出ていった。滝沢も手早く服を脱ぎ、寒さをこらえて露天風呂へ行く。

湯から頭だけを出して、優貴はぼうっと庭を眺めていた。

「湯加減はどうだ」

声をかけると優貴は振り返ったが、すぐに顔を背けてしまった。耳が赤い。もう何十回も滝沢の裸なんか目にしているのに、やはり恥ずかしいのだ。

滝沢はかけ湯をしてから、湯船に体を入れた。向井は大人二人がじゅうぶんに入れると紹介していたが、三人は余裕でいけるだろう。部屋専用の露天風呂にしては、かなり贅沢な造りだ。湯加減はすこし熱いくらいで、冬にはちょうどいい。

「優貴」

体を近づけると、顔を背けたまま優貴は隅に逃げようとする。だが狭い浴槽で、どこまでも逃げ続けることなどできず、すぐに滝沢は追い詰めた。優貴は困ったように横顔を赤くしている。露天風呂に照明はついていないが、庭がライトアップされているので暗くはない。薄暗さが優貴の童顔を妖艶《ようえん》に見せていた。

「優貴、こっちを見ろ」

命じれば、おずおずと視線が向けられる。濡れた黒い瞳《ひとみ》に、誘いこまれるようにして、滝沢は優貴の小さな唇にキスをした。何度かついばむようにしてキスをしていると、気分が高まってくる。ねっとりと舌を絡めたくなったが、滝沢はなんとかこらえた。

深いキスをしてしまったら、絶対にその先もしたくなるに決まっている。だが、この旅館ではセックスしないと、滝沢は決めていた。さっき優貴に露天風呂で声を出したら聞こえるからしないと説明したが、向井に会ってしまうまではガンガンするつもりだった。従業員や他の客がどう思おうと、滝沢は遠慮などする性格ではない。客が自由に出入りする大浴場でしてはいけないという常識はあるが、部屋にある専用露天風呂なら問題はないだろう。それこそ優貴が茹《ゆ》だるまで、あちこち弄ってくたくたにする気が満々だった。

しかし、向井がいると知ったいま、セックスは自粛するしかない。向井が別れた男だから気を遣っているわけではなく、信用していないからだ。どこで覗《のぞ》き見をしているかわからないし、あとで優貴に露骨な嫌味を言うかもしれない。いや、言うだろう。セックスについてあれこれ指摘されるなんて、初心《うぶ》な優貴にはきっと耐えられない。傷つけたくなかった。優貴を泣かせてもいいのは滝沢だけで、しかもセックスの最中限定だと、法律で決まっている。

湯の中でぐっと拳《こぶし》を握り、決意も新たに自制心をフル稼働させた。勃起するな勃起するな、おのれの下半身に言い聞かせる。

「素敵な露天風呂ですね」

「そうだな」

二人は肩を並べて、見事な日本庭園を観賞しながら風呂を楽しんだ。ゆっくりと温泉に浸かってから、浴衣に着替える。浴衣の着かたがわからないという優貴に、着せてやる。優貴の浴衣姿ははじめてだったが、夏まつりの子供にしか見えなくて滝沢は笑ってしまった。

「笑うなんて、ひどいです」

優貴は拗《す》ねて唇を尖らせながらも、滝沢の浴衣姿に目元をほんのりと染めた。

「……日吉さんは、なにを着てもカッコいいですね」

そんなぐっとくるセリフを吐き、セックスしないと決めた滝沢の理性をぐらぐらと揺さぶった。

その後すぐ夕食の時間になった。海の幸と山の幸に彩られた豪華な夕食に舌鼓を打ち、満腹になったところで従業員が布団を敷きに来た。向井だ。

「なんでおまえが来るんだ。仲居はどうした」

食事を運んできたのは女性従業員だった。向井はてきぱきと布団を押し入れから出して畳に広げながら、「その時間帯は私も休憩していたので」とさらりと答える。

「この部屋の担当は私なんです」

「変更を求める」

「担当はそれぞれ決まっていますから、そう簡単には動かせませんよ。人手にあまり余裕はありません。もともと理事長の宿泊は無理やりにねじ込まれたものだったんです。ワガママを言わないでください」

向井は薄ら笑いを浮かべながら挑戦的な目で滝沢に言ってくる。滝沢にだけ聞こえるように声のボリュームを加減してくれるだけ、ありがたいと思わなければならないのだろうか。

滝沢は舌打ちして向井の側を離れ、テレビで大晦日の特別番組を見ている優貴の近くに座った。向井を部屋に出入りさせないようにできないなら、自分が優貴にこうしてはりついてガードするしかない。

布団を敷き終わった向井は、年越し蕎麦を持ってくる時間と明日の朝食の確認をした。

「明日、初詣《はつもうで》に行かれるなら、近隣の神社の地図を差し上げます」

「ありがとうございます」

当然のように礼を言う優貴に、初詣に行く習慣がない滝沢は「ん？」と思ったが黙っていた。優貴が行きたいのなら、一緒に行くまでだ。

「徒歩圏内と車での範囲と、案内は二種類ございます。フロントに用意してありますので、いつでも声をかけてください」

「はい」

優貴は上機嫌でにこにこと笑みが絶えない。向井をこれっぽっちも疑っていない様子が、滝沢をはらはらさせる。

「それとこちらは、明日の夜のディナーショーのお知らせです。元日の夜だけの特別な催し物なので、よろしければどうぞ。料金はいただきません」

カラーのチラシにはジャズピアニストとして国内外で有名な日本人女性の顔写真と名前が大きく印刷されている。芸術方面にはあまり興味がない滝沢だが、このピアニストなら以前、なにかのテレビ番組で見た覚えがあった。軽妙な喋りも売りだったなとぼんやり思い出していると、優貴がチラシを手に「ディナーショー？　すごいですね！」と乗り気になっている。

滝沢はがくりと肩を落としそうになった。一泊だけしてとっとと帰ろうと思っていたのに、明日の夜のディナーショーを見ていたら帰れなくなる。滝沢の魂胆などお見通しだったのか、向井は横目で意味深なまなざしを送ってよこした。

「いまでしたら若干の空席がありますよ」

「スーツなんて持ってきていないぞ」

「ドレスコードはありません。普段着で結構です。どうですか？」

向井に聞かれて、優貴が滝沢の顔色を窺ってくる。ここで「そんなものは見ない。明日の朝に帰る」なんて宣言しようものなら、優貴はとても悲しむだろう。うまい理由をでっちあげて説明できるだろうか。納得できなくても滝沢には逆らわない優貴だから、従順に帰りじたくをするだろうが――。

そういえば、予定を切り上げる言い訳を考えていなかった。いまここで不審に思うに決まっている。

それに、向井は「肝っ玉のちいさい男だな。尻をまくって逃げるなんて、昔の男がそんなに怖いのか」と滝沢を笑うにちがいない。

ぐるぐると悩み、ため息とともに「いいだろう」と頷くしかなかった。

「明日の夜はディナーショーだ」

「わぁい。嬉しい。こんなのはじめてです」

優貴が子供のようにはしゃいだ声をあげるから、これで正解なのだ。薄ら笑いを浮かべている向井に「二人分の席を」と頼む。向井は丁寧な所作で部屋を出ていった。

その後、部屋でのんびりと大晦日のテレビを見ていたら、年越し蕎麦が届けられた。二人ですすって、どこかからかすかに聞こえてくる除夜の鐘に耳を傾けながら、就寝することとなった。

「明日は初詣だな」

「はい」

並べられた二組の布団は、ぴったりくっつけられている。ここではセックスしないと決めている滝沢には、向井の嫌がらせにしか見えない。このくっつけ具合は、「さあ、できるものならやってみろ」と言わんばかりのようだ。

滝沢のひそかな苦悩にはまったく気付いていない優貴は、寝ているあいだに浴衣が肌蹴《はだけ》そうだと、それだけを心配しながら布団に入っている。

「おやすみなさい」

「おやすみ」

照明を落として、滝沢も布団に入る。セックスを匂わせる行為をしかけないので、優貴は今夜はナシだと察したらしく、おとなしく目を閉じた。だがしばらくして、もぞもぞと優貴の手が滝沢の布団の中に伸びてくる。珍しく優貴の方から誘ってきたのかと思いきや、そうではなかった。

滝沢の手を探り、見つけると、そっと握ってくる。それだけだ。

屋敷ではキングサイズのベッドを使っているので、こうして二組の布団で寝ることはない。別々に寝ているような気がして、優貴は触れていたいと思ったのかもしれない。

滝沢は暗闇《くらやみ》の中で笑い、優貴の手をぎゅっと握り返した。

そしてそのまま、静かな眠りに落ちていった。


翌朝は、元日の特別料理が並べられた。

豪華な伊勢海老《いせえび》が鎮座するお節料理を、優貴はことのほか喜んだ。

「すごい、すごいですね」

寝乱れた浴衣は滝沢が直してやったが、髪が寝ぐせだらけだ。色気のカケラもない優貴の格好に、元旦《がんたん》の挨拶《あいさつ》に来た向井はまたチクリと嫌味を言った。

「昨夜はよくお休みになられたようですね。こうした旅館に慣れていらっしゃらないようなので、浴衣では寝苦しいかと心配しておりましたが、大丈夫でしたか？」

「全然、大丈夫です」

「日本語が間違っていますよ」

向井はにっこりと微笑みながら、優貴の言葉使いを訂正したが、言われた本人は「？」と疑問府を浮かべた顔をしている。

「正しい日本語を使うために、本をお読みになった方がいいかもしれませんね。ああ、余計なことを言ってしまいました。すみません。では、ごゆっくりと召し上がってください」

向井は笑顔のまま紅葉の間を出ていったが、滝沢は塩でも撒《ま》きたい気分になった。元日の朝から本当に鬱陶しい。優貴は首を傾《かし》げて「僕、なにか間違っていましたか？」とまだわかっていないようだ。

「おまえは気にするな。あいつが細かいだけだ。ほら、食べよう」

「あ、はい。いただきます」

優貴はすぐに切り替えて、目の前のご馳走《ちそう》に集中した。お節料理は美味だった。腹がいっぱいになったところで服に着替え、近くの神社まで初詣に行くことにする。

「歩いて行ける距離にひとつ神社があるらしい。腹ごなしに散歩がてら行くか」

「いいですね」

外は晴天だった。そのせいか気温は低く、かなり寒い。二人してしっかりと服を着こみ、旅館を出た。優貴がちらちらと滝沢を見上げては物言いたげな目をするので、手を繋《つな》ぎたいのかなと気づいた。

「なにか言いたいことがあるのか」

「えっ」

優貴は頬を赤く染めて俯《うつむ》いた。「なんでもありません」などと否定するが、なんでもないわけがない。

「手が寒いんだろう？」

そう理由付けて滝沢が優貴の手を握ると、はにかんだような笑みを見せる。ああ、かわいいなと、滝沢は相好が崩れそうなほどの愛情を感じた。

さすがに往来でこれ以上のことはしないという分別はあるが、神社でお賽銭《さいせん》を投げ、お参りをするとき以外はずっと、二人は手をつないでいたのだった。

昼食は旅館内のレストランでランチをとり、部屋に戻るや否や、優貴は大浴場へ行ってみたいと言い出した。

「向井さんに聞いたんですけど、とっても広いみたいですよ。貸し切りにできる家族風呂の方は岩風呂だそうです。岩風呂ってどういうお風呂なんでしょうか」

「……岩に囲まれているんじゃないのか」

温泉に詳しいわけでもないので滝沢はいい加減に応える。優貴はしきりと岩風呂を気にしているようなので、これは帰るまでに一度は岩風呂に入らないと気が済まないだろうと思った。

滝沢と優貴は連れだって大浴場へ行くことにした。浴衣とタオルを持ち、布草履を履いて館内の案内を見ながら大浴場を目指す。地下一階にあるらしい。

「傾斜地に旅館が建っているから、大浴場は地下にあるわけじゃないそうです。壁一面が窓で、昼間なら竹林が見えるって」

向井から仕入れた情報を教えてくれながら、優貴は弾む足取りで階段を下りていく。男湯ののれんをくぐると、広い脱衣所があった。一斉に二、三十人の成人男性が着替えても大丈夫なほどのスペースに、脱衣籠《かご》が整然と並んでいる。数人の客が入浴中らしく、ぽつぽつと衣類が入れられた籠が棚に置かれていた。

昨日、部屋の露天風呂に一緒に入ったからか、優貴は多少の躊躇いを見せながらも服を脱ぐ。裸になると浴用のタオルを手に大浴場に入っていった。滝沢も服を脱いで、優貴の小さな白い尻を目で楽しみながら後に続く。

「わあ、広い」

優貴が感嘆して大浴場をぐるりと見渡す。一番大きな浴槽は幅十メートルほどもあり、プールのようだ。ほかに小さいサイズの浴槽がいくつか並んでいる。湯温が低いものと高いもの、水風呂とそれぞれ表示されていた。壁一面が窓になっており、仕入れた情報通りに竹林が広がっている。一枚の絵画のようだった。

優貴はかけ湯をしてから一番大きな浴槽に入った。先客は初老の男性ばかりで、黙々と体を洗っているか無言で湯に浸かっているかだ。滝沢も湯船に入ったが、あえて優貴から離れた場所に陣取った。ほんのりと頬を上気させてご機嫌でいる優貴を眺めているのは、なかなかに良い娯楽だ。こんな距離で入浴中の優貴を見ることなど屋敷ではありえないから、やはり旅館に泊まれてよかったのだろう。

向井さえいなければ。

滝沢はこっそりとため息をついた。向井はこの調子で宿泊中、たびたび滝沢たちに構ってくるつもりだろうか。これではちっとも寛げない。

「熱い～」

しばらくして優貴が呻《うめ》きながら湯から上がった。そのまま浴槽の縁に腰をかけて、窓の外を見つめている。

滝沢は傷ひとつ、染みひとつない優貴の肌を眺めた。真珠色に輝く肌に、ぽつりと褐色の乳首が飾りのようについていて、滝沢はその感触を指先でも舌でも思い出すことができる。あの小さな器官を刺激すると優貴がどうなるか、よく知っていた。

昨夜、セックスしなくて正解だったのかもしれない。キスマークをべたべたつけた状態では、こうして大浴場を利用できなかっただろう。

先客の初老の男性たちが、一人二人と大浴場を出ていった。広い空間に、滝沢と優貴の二人きりになる。とたんに優貴が滝沢を睨んできた。

「そんなにじろじろ見ないでください」

唇を尖らせて、ちょっとだけ恥ずかしそうに怒った声を出している。滝沢はあからさまな視線を注いでいるから、どこをどう見られているのかなんとなく察しているのだろう。

「見て悪いか。おまえのすべては俺のものだろう」

「それは……そうですけど」

ここで肯定するのが優貴だ。滝沢がくくくと笑うと、優貴は体を隠すようにして湯に浸かった。だが何分もたたないうちに湯から出てしまう。

「先に出てます」

タオルを鷲摑《わしづか》みにすると、逃げるように脱衣所へ行ってしまった。のぼせそうになったのだろうが、それが温泉のせいなのか滝沢の視線のせいなのか——両方かもしれない。

滝沢はゆっくりと立ち上がると、優貴を追いかけて脱衣所へと足を向けた。優貴は腰にタオルを巻いただけの格好で扇風機の風に当たっている。顔も体もピンク色になってきれいだ。籐《とう》の椅子《いす》にちょこんと座って風を浴びている姿は、子供っぽくて微笑ましい。

「湯あたりはしていないか？」

「うん、それは大丈夫みたいです。……日吉さん、前くらい隠してくださいよ」

堂々となにも隠さずに立っている滝沢から、優貴はそっと視線を逸らす。さらに顔が赤くなったと思うのは、気のせいではないだろう。

「おまえはいつまでたっても慣れないな」

「だって……立派すぎるんですもん……」

拗ねた口調でとんでもないセリフを吐き、滝沢を笑わせてくれる。その小さな口で滝沢のそれを何度も愛撫してくれたことがあるのに、明るい場所で目にしただけで恥じらってみせるのだから、たまらない。滝沢は裸をだれに見られても、恥ずかしいと思うほどの繊細な神経は持ち合わせていない。

タオルで適当に体を拭《ふ》き、浴衣を羽織ったところに新しい客が脱衣所に入ってきた。

足音も荒く下品に笑いながら雪崩れこんできたのは、昼間から酔っぱらった三人の男たちだ。滝沢よりもいくつか年上の四十歳前後と思われる男たちは、正月だからかハメを外して飲み過ぎているようだ。浴衣を着ているが襟元は乱れ、足元はおぼつかない。この状態での入浴は危険ではないかと、滝沢は眉をひそめた。

「おー、広いぜ」

「温泉だぁ。温泉〜」

男たちは浴衣の帯を解きはじめたが、扇風機の前に座っている優貴に気づいてニヤニヤと笑った。

「あれぇ、ここは男湯だぞ。女の子は入っちゃダメだろ」

「バーカ、女じゃねぇよ。見てみろ、胸がないだろ」

「あ、ホントだ。なんだよ、あんまりカワイイ顔してるから、間違えちゃっただろ」

唖然《あぜん》としている優貴を囲んで、男たちはゲラゲラと笑い声を立てる。滝沢は胡乱《うろん》な眼《め》になって、男たちと優貴の間に割って入った。男たちを無視して優貴を救い出すと、手早く浴衣を着せてしまう。

「なんだなんだ、怖い顔した兄ちゃんだな。べつに取って食いやしないよ」

「そうそう。俺たち紳士だから～」

何が楽しいのか、酔っ払いたちはまたもや大笑いしている。まともに相手をする気はなく、滝沢は優貴を促してさっさと脱衣所を出た。

「……あの人たち、すごく酔っていましたね」

「そうだな。こういうときは、余計な相手をしない方がいい。酔っ払いに常識はないからな。またあいう手合いに遭遇したら、無視して立ち去れ。いいな」

「はい」

優貴は従順に頷き、「また着せてもらっちゃった」と浴衣の襟を指先で弄っている。

滝沢は内心で舌打ちした。くそぅ、抱きたい。この旅館ではセックスしないと決めたが、これほど近くに優貴がいて、ぽろぽろとかわいらしい言葉をこぼすものだから、滝沢は煽《あお》られっぱなしだ。このままなにもせずに屋敷に戻るまで我慢するのは、そうとうの苦行になりそうだと、暗澹《あんたん》たる気持ちになった。

紅葉の間に戻って、水分を補給しながらテレビを見ていると、優貴がうつらうつらと船を漕ぎはじめた。

「優貴、眠かったら、昼寝をしてもいいぞ。今夜はディナーショーだろう。そのときに眠くなるよりいい」

「うん……でも……」

目をしょぼしょぼさせながら、優貴は「どうしようかな…」と呟《つぶや》く。

「こんなふうに、日吉さんとゆっくりできるのって、はじめてだから、寝ちゃったらもったいないなって……」

確かに、はじめてだ。優貴を滝沢の屋敷に住まわせて半年になるが、顔を合わせるのは朝食のときと日曜日くらいだった。滝沢は基本的に多忙だし、仕事優先だ。優貴のために時間をつくることはしなかった。愛情は常に持っていたが、まだ二十歳の若い優貴にとったら物足りなかったかもしれない。

休日にセックスするだけでなく、もっと時間を共有して、外に連れ出す——つまりデートも必要だったか。おとなしい優貴はなにも言わない。滝沢を絶対視しているところもあるから、逆らわないし要求も口にしない。

それに甘えていたのだろうと責められたら、否定できそうになかった。

「またどこかへ行こうか」

「えっ……」

優貴のびっくりした反応から、自分がどんなに釣った魚に餌《えさ》を与えていなかったか思い知らされる。

「つぎの休みがいつとれるかわからないが——そうだな、大学の春休みにどうにか調整しよう。どこへ行きたい？　どこでもいいぞ」

「あ、えっと、お、沖縄《おきなわ》っ」

「ああ、沖縄か。春の沖縄はまだ海に入れないだろうが、暑くなくていいかもな。北海道《ほっかいどう》でスキーをしてもいいぞ」

「北海道は夏に行きたいです」

優貴は期待に満ちた笑顔で滝沢を見つめてくる。こんなに喜ぶなら、もっと早くいろいろなところへ連れていってやればよかった。

「時間があるときにパスポートを取っておけ。俺の方が一週間以上の休みが取れるなら、海外まで足を伸ばしてもいい。まあ、野々垣が許すかどうか、微妙だがな」

滝沢にとってはたいした提案ではないのだが、パスポートと聞いて優貴は目を丸くしている。

「なんだ？」

「いえ、あの………すごく、嬉しいです………。ありがとうございます」

じんわりと黒い目が潤んできて、滝沢は尻がもぞもぞした。この愛らしい生き物を抱きしめてめちゃくちゃにかわいがりたい衝動と、どれだけ自分が恋人をほったらかしにしてきたのかという罪悪感、真正面から感謝される照れくささが、複雑に絡み合って滝沢に襲いかかってくる。

「あー、えー、俺はちょっと散歩をしてくるから、おまえは昼寝をしていろ」

居たたまれなくなって滝沢は立ち上がった。優貴は引き留めず、「行ってらっしゃい」と泣き笑いをしながら見送ってくれた。

部屋を出て、ぶらぶらと館内を散策した。広い旅館なので一周するだけでもかなり歩くことになるが、単調ではある。しかし浴衣姿で庭に出るのは寒そうだ。どうしたものかな、と考えているうちに紅葉の間に戻ってきてしまった。

優貴は寝ただろうか。ちょっと様子を見ようと襖に手をかけたところ、するりと横に滑った。いつのまに自動になったのか、なんてくだらない発想はない。だれかが内側から開けたのだ。優貴かと思ったら、向井が出てきた。滝沢も向井もおたがいの顔を見て驚いた。

「おまえ、ここでなにをしている」

眉尻を吊《つ》り上げた滝沢に、向井はしれっと答えた。

「なにって、紅葉の間の担当は私ですから、お茶とお菓子の補充に来ただけです」

「優貴に余計なことは言っていないだろうな」

「余計なことってなんですか？」

向井はふふんと笑って、すたすたと廊下を歩いていってしまった。滝沢はすぐに部屋に入った。

「あ、おかえりなさい」

優貴は座卓に頬杖《ほおづえ》をつき、和菓子を摘まみながらお茶を飲んでいた。表情や仕草などに変わったところは見当たらない。向井にはなにも言われなかったのだろうか。

「昼寝はしなかったのか」

「しようとしたら、向井さんが来てお菓子を置いていってくれたから」

タイミングが悪い奴だ。嫌がらせかもしれない。どこかに監視カメラでもないかと、滝沢はつい部屋を見渡してしまった。

「とってもおいしいですよ。日吉さんもどうですか？」

「……ああ、もらおうか」

頷くと、優貴はいそいそと湯のみにお茶を淹《い》れてくれた。小ぶりの菓子器には、鶴《つる》と亀《かめ》をかたどった練りきりが並んでいた。滝沢はあまり甘いものが得意ではないので、亀の方が小さいと判断してそちらを手に取った。確かに美味《うま》い。上品な甘さで、滝沢でも一個を食べきることができた。

食べてしまうとすることがないので、滝沢は持参していた本を読むことにした。いつも忙しすぎて読む暇がないが、読まなければならない本は溜まっていく一方だ。大学の教授や講師たちの著書はすべて目を通すようにしているし、経済関連の本もまたしかり。

優貴はなにをしているのかと振り返ると、携帯電話を弄っている。だれかにメールを打っているようだ。元日からだれにメールを送っているのだろうかと気にしていると、優貴がふと顔を上げて目が合った。

「……だれと連絡を取っているんだ？」

黙っているのも変かと思い、そう聞いてみたら、優貴はめずらしく口ごもった。

「あの、大学の、友達…です。一人きりで正月を過ごしている人もいるんで……」

それ以上は聞いてほしくなさそうだったので、滝沢は視線を本に戻した。

気になる。大学の友達なんて嘘《うそ》だ。ではいったいだれなのか。どうして相手を滝沢に教えることができないのか。

いま無理やり聞き出すのは格好悪いと思い、滝沢はものすごくひっかかりながらも口を閉じた。

だが読書に集中しようとしても、優貴が気になって仕方がない。ずっと携帯電話を弄っている優貴の横顔は、どこか沈鬱に見える。

「そういえば、さっき向井になにか言われたか？　和菓子を持ってきたときに、しばらくここに居座ったんだろう」

釘《くぎ》を刺しておいたが、あの向井が滝沢の言うことを素直に聞くかどうかはわからない。もしまた優貴に嫌味をぶつけていたら――。

「向井さん、は……」

優貴は携帯電話から目を上げて、わずかに逡巡《しゅんじゅん》するそぶりを見せた。

「いえ、あの……特に、なにも」

「特に？」

「はい。これといって。えーと、ちょっとだけ、言われましたけど……」

なんだ、言われたんじゃないか、と怒鳴りそうになり、滝沢はこらえた。

「ちょっとだけ、なにを言われた？」

「………僕が一人で部屋にいたので、日吉さんはどこへ行ったのかと聞かれて、わからないって答えたんです。たぶんそのへんを散歩しているんじゃないですかって。そしたら、向井さんが、せっかく正月休みに箱根まで来たのに、別行動なのかって――それだけです」

優貴は眉尻を下げて、苦笑いした。

そんな内容のことを言われたのは確かだろうが、きっともっと辛辣な言葉をぶつけられたのではないかと、滝沢は想像した。問い詰めても、優貴は白状しないだろう。

話はこれで終わりとばかりに、優貴は携帯電話に向きなおる。

滝沢はしばらく考えてから、本を置いて立ち上がった。携帯電話だけ持って、「またちょっと出てくる」と言い置いて部屋を出る。

さっきと違い、今度は目的を持って館内をぐるぐると歩き回った。向井を捕まえるつもりだった。

少なくとも今夜はここに泊まらなければならない。夕食はディナーショーで済ませることになるが、就寝前には向井が布団を敷きにくるだろうし、明日の朝は布団を畳みに来て、朝食を運んでくるだろう。そのどこかで休憩があって、滝沢たちと顔を合わせない可能性もあるが、まだ何度かは絶対に直接言葉を交わす機会があるはず。

そのたびに優貴にちくちくと嫌味を言うのは、許せない。軽く脅すだけでなく、こうなったらサシで話をしたほうがいいだろう。通りすがりの立ち話ではなく、時間をとって正面から。

だがいざ向井を探すとなると、なかなか遭遇しない。いったいどこにいるのか。滝沢はフロントに行き、向井を呼び出してもらうことにした。フロント係は滝沢が向井の知人であると知っているらしく――強引に部屋を取った経緯からも当然だが――すぐに連絡を取ってくれた。

足湯のとなりで地元の新聞を読みながら待っていると、向井がやってきた。

「なにか御用でしたか？」

人目があるからか向井はそつのない笑顔で訊ねてくる。滝沢は新聞を畳みながら立ち上がった。

「おまえとすこし話がしたいと思ってな。二人きりになれる場所はあるか」

「私の都合は聞かないんですね」

「紅葉の間の担当なんだろう。そのくらいの融通は利かせろ」

「……わかりました」

向井はため息をつき、「ちょっと待っていてください」とフロントに行った。なにやら相談をしたあとに滝沢のもとまで戻ってきて「三十分の休憩をもらいました」と言いながらついてくるようにと促してくる。

「あいにくと空いている部屋はないので立ち話になりますが、その点は妥協してください」

しかたがないな、と滝沢は向井のあとを歩いていったが、外へと出ていく後ろ姿に思わず「おい」と怒鳴ってしまった。

「外かよ。だったら最初に言え。おまえはまだマシな服装だが、俺は寒いぞ」

向井はワイシャツにネクタイ、スラックス着用の上に旅館名が染め抜かれた法被を着るという、従業員の格好だ。一方、滝沢は浴衣に丹前を羽織っているだけ。腕と足はほぼ外気に晒されることになる。案の定、従業員用の裏口から外に出たとたん、滝沢は寒さで全身に鳥肌を立てた。

「贅沢を言わないでくれるかな。話がしたいって言い出したのはそっちだろ」

人目がなくなったとたんに向井はがらりと口調を変えて、ふてぶてしい昔の男になった。

「で、話ってなに？」

「おまえ、優貴にまたなにか言っただろう。いい加減にしろよ。俺を本気で怒らせたいのか」

「たいしたことは言ってないよ。なに、あのガキ、あんたに泣きついたの？　へぇ、根性ないんだ」

きれいな顔で嘲笑《あざ》う向井に、心から殴りかかりたくなる。

「俺が聞き出した。あいつは自分から人を悪く言う性格じゃない」

「バッカみたい。なに夢見てんの。あのガキだって金目当てであんたに抱かれてんだろ。まだ本性を見せてないってだけだ」

「優貴は違う。だれもかれもがおまえと同じように金目当てだと思うな」

「あーあ、とんでもなくあのボクちゃんにはまっちゃってるわけ。みっともない。滝沢日吉ともあろう男が。あんたには似合わないよ。貧相すぎて笑っちゃう、あのとぼけ顔のチビッ子」

ムッカーッと腹が燃えるように熱くなった。おかげで寒さを忘れた。

「おまえに優貴のなにがわかる」

「わからないよ。わかりたくもないね」

向井はケラケラと大笑いし、「ねぇ」と滝沢に近づいてくる。

「よりを戻そうよ。あんた、俺とのセックス、好きだったろ？　あんなガキよりもずっと気持ちよくさせてやるよ。以前より、確実にテクは上がってるって自信があるんだ」

小悪魔のようにちらりと色気を出して微笑む向井を、付き合いたてのときは確かに気に入っていた。外見だけでなくマナーも完璧《かんぺき》で、どこへ連れ歩いても自慢できるパートナーとして振る舞ってくれた。セックスに禁忌がなく、好奇心が旺盛《おうせい》で、どんな体位でも応えようとしてくれたし、それなりの快楽を与えてくれた。仕事が多忙な滝沢にとって、十分な小遣いを与えておけば機嫌がよくて手がかからないという点も楽だった。

だが、それだけだ。そんなもの、すぐに飽きてしまった。体から芽生える愛がないとは言わない。けれど向井との間に、愛は生まれなかった。情もなく、倦怠《けんたい》感しか覚えなかった。だから別れた。

いまこうして向井に迫られても、滝沢にはまったくその気が湧かない。部屋に残してきた優貴が、だれとメールをやりとりしているのか、そっちの方が気になって仕方がないくらいだ。

「……やめろ」

しな垂れかかってきた向井をやんわりと押し戻し、滝沢はため息をついた。向井はとっておきの誘う表情を使っただけに、拒まれた事実が認識できないのかきょとんとしている。

「優貴は俺の癒しなんだ。あいつを猫っ可愛がりするのが、いまの俺の娯楽でもある。まあ、ときどきいじめることもあるが」

「なに、それ」

「そのうち、籍を入れようと思っている」

「あんた、それ本気で言ってるの？」

向井の目が吊り上がった。なまじきれいな造作をしているだけに、怒ると怖い顔になる。肝っ玉のちいさい奴なら、しっぽを巻いて逃げだすところだ。

「馬鹿じゃないの。籍入れるって……自分の資産がどれだけかわかってる？　あんな子に、遺産を分けるつもり？」

「あのな、どうしてそう金勘定に走るんだよ。そうじゃないだろう。俺は優貴の人生のパートナーとして責任を持ちたいだけだ。それに、俺が先に死ぬとは限らないだろうが。人生、なにがあるかわからないんだから」

籍を入れて戸籍上は優貴を息子にしてしまえば家族になる。もしものときの連絡先になれるのだ。

「別れるときどうすんの。籍なんか入れちゃったら、そう簡単に別れられなくなるだろっ」

「だから、どうして別れることが前提になってんだよ、おまえの思考はっ。おかしいだろうが」

「俺はおかしくないっ。おかしいのはあんたの方だっ」

鼻先に指をつきつけられて、滝沢はそれを叩き落とした。

「指を差すな、馬鹿者！」

「偉そうに言うな！」

「俺はあいつを愛しているだけだ！」

本音を大声でぶつけると、向井が虚を突かれたように黙った。

「俺は、あいつを離したくない。だれにもやるつもりもない。最初からそのつもりだった。だから色々と恩に着せてがんじがらめにして屋敷に住まわせた。今後は養子縁組してさらに逃げられないようにするつもりだ。だから、おまえがいくら優貴にちょっかいかけてもなんの意味もない。俺に復縁を迫るのも間違いだ。わかったか！」

茫然と立ち尽くしている向井の前で滝沢は胸を張った。優貴へのしつこいほどの愛情は、だれにも恥じるものではないと思っている。向井ごときが突いても、二人の関係は揺らがないのだ。

揺らがない自信はたっぷりあるが、だからといって向井が優貴を苛めていいということにはならない。二十歳にもなってあの純真さは貴重なのだ。苦労しているのに、優貴はなにものにも染まらなかった。持ってうまれた性格だろう。

優貴はのほほんと平和そうに笑っていなければだめだ。仕事で疲れて帰ってきた滝沢を、その呑気《のんき》な空気で癒してくれなければいけない。

「俺は、できればかつて関係があった奴に、私情で経済的な制裁を加えるような馬鹿な真似《まね》はしたくない。可能だからこそ、したくない。だから、もう優貴には構うな。いいな」

言いたいだけ言い、滝沢は踵《きびす》を返した。言い返さなくなった向井を置いて、とっとと建物の中に戻る。館内はほどよく暖房がきいていて、ホッとする空気が満ちていた。頭と腹はカッカと熱を持っていたが、やはり手足は冷えていたようだ。

廊下をしばらく進んでから、滝沢は振り向いてみた。向井はまだ外にいるのか、姿がない。滝沢の言葉に衝撃を受けたのかもしれないが、フォローするのは自分の役目ではなかった。

向井はきっといまフリーなのだろう。寂しくて滝沢に言い寄ってきたのかもしれない。刹那《せつな》的な関係ばかりを求めているから、余計に寂しいのだ。あれだけの容姿と優秀な頭脳を持ちながら、惜しい男だと、滝沢はひとつ息をついた。

滝沢は紅葉の間に戻った。だが優貴の姿がない。どこに行ったかわからないが、この旅館から勝手に出ていくことはないだろう。そのうち帰ってくると思い、さっき読もうと思って出してあった本を手に腰を落ち着ける。だがちっとも集中できず、ページが進まない。

「……どこへ行ったんだ……」

そのうち戻ってくるとわかっていても気になる。まさかどこかで向井と鉢合わせして、またなにか言われているのではと思い、「いやさすがにそれはないだろう」と否定する。あれだけ滝沢に言われて、まだ向井が優貴にちょっかいをかけるとは考えにくい。

館内を散策しているだけだろうか。それとも――と色々なパターンを想像して、滝沢はハッと息を飲んだ。まさか優貴の小動物系可愛らしさに目をつけたほかの客が、どこかの部屋に無理やり連れこんで、いたずらしようとしているのでは？

滝沢のような好みの男は、少数派だろうが絶対にいるはずだ。大浴場の脱衣所で絡んできた酔客もいたではないか。成長途中の中高生のような体格の優貴は、もし本気になった男に襲いかかられたら不利だ。

最悪、押し倒されて浴衣の帯で縛りあげられて強姦《ごうかん》されたら……。優貴の泣き叫ぶ姿をリアルに思い描いてしまい、滝沢はいてもたってもいられなくなった。

「そうだ、携帯……」

優貴の荷物をざっと探って、携帯電話がないことを確認する。持ち歩いているようだ。何事もなければ、電話に応じるはず。優貴の番号に電話をかけてみた。

「出ろ、出ろよ」

滝沢はくりかえし念じたが、呼び出し音が十回以上鳴り続けても優貴は応じない。

「くそっ」

滝沢は紅葉の間を飛び出した。滝沢の危険な想像が当たっていなくとも、なにかべつのトラブルに巻き込まれているかもしれない。優貴はかつて閉じ込められた校舎から脱出するため、とんでもない方法を選択した。あやうく命を落とす可能性もあったのだ。

またあんなことがあったら、今度こそ危ない。普通だったら回避できるはずの些細《ささい》な困難を、優貴なら大事にできる。

「優貴……」

きょろきょろと視線を飛ばしながら、滝沢はまず大浴場へ向かってみた。気に入ったようだったから、また入りに行ったかもしれない。だが広い脱衣所にも、浴場にも、優貴の姿はなかった。温泉旅館の定番である卓球場にも、土産物屋にも、喫茶スペースにもいない。これはいよいよどかの部屋に連れこまれたかと青くなっていると、向井とばったり会った。

向井は滝沢の顔を見て、あからさまに嫌そうな表情をした。ノロケのような忠告のような苦情のようなものを滝沢に投げつけられて、向井のプライドは傷ついているはずだ。滝沢の顔など見たくなかっただろう。

だが滝沢はそんなことにこだわっていられない。いまは一刻も早く、優貴を見つけ出して安心したかった。なにもなければ、それでいいのだ。

「向井、優貴を見なかったか？」

「……………見ていない。知らないよ」

「いま、そっちから来たわけだから、いなかったんだな？」

「客室の中にいたら、透視できるわけじゃないからわからないよ」

ふん、と向井は鼻で笑って滝沢を眇《すが》めた目で見てくる。優貴を探している滝沢を小馬鹿にした態度だったが、それを咎《とが》めている場合じゃない。滝沢には余裕がなかった。

「どこに行ったのかわからないし、携帯にも出ない。探してくれ」

「外に出ていった可能性は？」

「いや、それはないと思う。俺に黙って外出するとは思えない」

「だったら放っておけば？　子供じゃないんだから、そのうち戻ってくるって」

その通りなのだが、嫌な予感がしていた。携帯電話に反応しないのも気になる。

「何事もなければそれでいい。とりあえず、いまは探せ」

「過保護すぎると思うけど。彼はあれでも二十歳の成人男性だろう？」

「うるさい。とっとと探せ。おまえは紅葉の間の担当だろう。ここの従業員として客の要望に応えようとは思わないのか」

そう言われると抗《あらが》えないのか、向井は不本意そうに「わかったよ。探せばいいんだろ」と投げやりな口調ながらもスラックスのポケットから携帯電話を取り出した。

「一応、フロントに知らせておく。あと、手が空いている従業員にも伝えるから、じきに見つかるよ」

「よし」

「よしって、あんたね……」

向井が呆《あき》れた顔をしたが、構わずに滝沢はひとりで捜索を再開した。あちこちを見て回ったが、やはり優貴の姿は見当たらない。もう一度、地下に下りて大浴場へ行ってみた。いつのまにか清掃中になっており、客は一人もいない。脱衣所に掃除機をかけていた従業員を捕まえた。

「どなたもいらっしゃっていませんよ。ああでも、岩風呂の方はどうでしょうかね」

「岩風呂？」

「この大浴場が清掃中以外は家族風呂として一時間単位で貸し切りになるんですけど、いまは自由に入れます。大浴場と岩風呂、どちらかかならず使えるようにしておくのが、ここの決まりなので」

「どこだ？」

「ここを出て右です」

滝沢は浴衣の裾《すそ》を乱しながら大股《おおまた》で廊下を急いだ。廊下の壁に「岩風呂」と矢印がついたプレートが貼《は》り付けられている。そのとおりに進むと、やがてのれんが見えた。

優貴は岩風呂に興味を抱いていた。どうして思いつかなかったのだろう。うっかりしていた。

「ここにいればいいが……」

のれんをくぐるとそこは脱衣所だった。大浴場よりは狭いが、ここも十分な広さがある。棚に浴衣とタオルが無造作につっこまれた籠が三つあった。合計三人の客が、いま岩風呂に入浴中ということだろう。

浴衣はどれも同じ柄で、どれが優貴のものなのか見ただけではわからない。かといって籠の中をさぐるのは失礼だし、犯罪者と間違われてしまう恐れがある。手っ取り早く風呂を覗こうと、擦りガラスの引き戸に手をかけたときだった。

「……めろっ」

中から人の声が聞こえた。風呂場の天井や壁に反響しているのか、なにを言っているのかはっきりとは聞き取れなかったが、優貴の声に似ているような――。

「やめろっ、放せーっ！」

今度ははっきりと聞こえた。優貴だ、と頭で判断する前に、滝沢は引き戸を開け放していた。

そこで目撃した光景を、たぶん滝沢は一生忘れないだろう。

全裸の優貴が、全裸の二人の中年男に押し倒されていた。一人は優貴の両足を両手で摑んで大股開きさせ、もう一人は優貴の両腕を押さえている。あろうことか二人とも股間が半勃ちで、腕を押さえている方の男は醜い性器を優貴の顔に近づけようとしていた。優貴は必死で顔を背けている。

ブチッと滝沢の中でなにかが切れた。

「おまえら、なにしていやがるーっ！」

怒声とともに駆け込み、滝沢は渾身《こんしん》の力をこめて一人を蹴りあげた。メタボ体型ではあったがふわりと体が浮き、そいつは湯船に落ちた。驚愕した顔を振り向かせたもう一人には怒りの鉄拳《てっけん》をお見舞いする。手加減なしの体重が乗った拳に吹き飛ばされて、男は風呂を囲む岩まで飛んでいって激突した。ガツンと変な音がして、そのまま動かなくなる。

「あ、あわ、わわわ……」

湯に落ちた男が、蹴られた腹を押さえながら這《は》い上がってきた。滝沢は手近にあった木製の手桶《おけ》を

むんずと鷲掴み、躊躇いもなく頭頂部に振り落とした。バキッと木が折れる音とともに手桶がもとの形をなくす。殴られた場所の頭皮が裂けたのか、血が吹き出た。ハゲかけた頭から額に血が流れ落ちてきて、男は悲鳴を上げた。

ひぃひぃと大騒ぎをする男を放置し、滝沢は素っ裸のまま唖然としている優貴を助け起こす。

「大丈夫か、優貴」

「あ、うん……」

魂が抜けてしまったような表情で、顔色を失っている。よほど怖い思いをしたのだろうと、滝沢は抱きしめた。まさか自分の暴力にびっくりして優貴が茫然自失状態になったとは思い至らない。

悲鳴を聞きつけたらしく、向井が駆けつけてきた。修羅場と化している岩風呂に、向井は愕然とする。

「ちょっ、ちょっと、これ、いったいなに？　どうした？」

「どうしたもこうしたもあるかっ。こいつら、優貴を襲ってたんだぞ！」

「だからって、ケガさせなくてもいいじゃないか。どうすんだよ、この人たちだってお客様なのにっ」

「なにヌルイことほざいてんだ！　警察呼べ！　こいつらは強姦魔だ！」

倒れている中年男たちを介抱しようとした向井は、強姦魔と聞いて優貴を覗きこんできた。

「もしかして、やられちゃった……？」

「あ、いいえ。寸前でしたけど」

「だったら、そんなに大騒ぎしなくても。これって過剰防衛だよ」

「おい、コラ」

滝沢がギロリと睨みつけると、向井は口を閉じた。

「そんなに大騒ぎしなくても、だと？　寸前だったからいいってもんじゃねぇよ、このクソ向井。たまたま運良く、俺が発見したから未遂で終わっただけだろうが！　あと一分でも遅かったら、優貴はこの薄汚ねぇオヤジたちに突っこまれていたんだぞ。もしそうなってたら、おまえはなんて言うつもりだ！　女じゃないんだから気に病むなとでも慰めるのか！」

滝沢の罵声《ばせい》に、向井は黙って項垂《うなだ》れた。優貴は恐怖が蘇《よみがえ》ってきたのか、滝沢の浴衣にぎゅうっとしがみついてくる。

「こいつは俺のモノだ。だれにも触らせねぇ。もし優貴が望んだとしても、放さない。一生、俺だけのモノなんだよ。こいつに突っこんでいいのは俺だけだ！」

高らかに宣言した直後、数名の従業員がばたばたと駆けつけてきた。岩風呂内の惨状を目の当たりにして、一様に悲鳴を上げる。

すぐに救急車と警察が呼ばれ、一時、旅館は騒然とすることとなった。

警察の事情聴取を受けて紅葉の間に戻ってきたのは、午後九時を過ぎたころだった。

「なんだかんだで、かなり時間を拘束されたな……」

過剰防衛どころか傷害の加害者に見られそうになった滝沢だが、優貴を襲っていた二人の男たちが罪を認めたため、小言だけで解放された。その際、滝沢の身分を確認するために野々垣の連絡先を教えたので、休み明けに説教が待っていそうだ。野々垣の怒り具合が想像できるだけに、それはそれで鬱陶しい。どうにかして避けたいところだが、休暇中に野々垣の手を煩わせたのは間違いないので、甘んじて受けるしかないか。

正月早々、旅先で警察沙汰《ざた》になるなど、さすがの滝沢もはじめての経験だった。のんびりしたかったのに、なぜこうなる。優貴がかわいいからいけないのか。

優貴は恋人だと話したときの警察官たちの複雑そうな表情は、思い出すとムカついてくる。同性の恋人と旅行に来て何が悪い。滝沢と優貴を異端視するなら、その優貴を襲った男たちはどうする。酔っていたとはいえ、同性に欲情して風呂場で襲うなど、言語道断だ。病院で手当てを受けているうちに酔いが冷めて、処置室の出入り口に仁王立ちしている制服姿の警察官を見て真っ青になっていたというが、許せない。

あの強姦魔たちは、大浴場の脱衣所で優貴に絡んできた三人の酔客のうちの二人だった。残りの一人は客室で酔いつぶれて寝ていたらしい。日ごろの鬱憤がどれほど溜まっていたのか知らないが、他人に迷惑をかけるような酔い方をするなんて、いい年をした大人とは思えない醜態ぶりだ。

岩風呂で目撃した衝撃の強姦寸前シーンを思い出すと腸《はらわた》が煮えくりかえるが、あとは警察に任せるしかない。

　さすがに滝沢も疲労を感じて、すでに敷かれていた布団の上にごろりと横になる。優貴も布団の上に乗り、滝沢の真似をするように体を伸ばした。

「ディナーショー、終わっちゃいましたね」

「そういえば、そうだな。すっかり忘れていたが、もう終わっている時間だ」

　警察と救急車を呼んだせいで旅館全体が騒然としたが、ディナーショーは予定通りに行われたらしい。ピアニストはすでに到着してリハーサルをはじめていたし、厨房《ちゅうぼう》はディナーの準備を進めていた。中止や延期にするわけにもいかず、なによりも客の要望で、予定と変わらない開催となったと聞いた。

　優貴はすごく残念そうに目を伏せる。疲労と憂いが滲《にじ》んだ目元に色気を感じ、滝沢はぞくっとした。

「なんだ、そんなに行きたかったのか？　あのピアニストのファンだったとは知らなかった」

「ファンってわけじゃないです。ただ、ディナーショー自体がはじめてで、どんな感じなのか体験したかっただけで……」

　滝沢にとってディナーショーなんてたいしたイベントではないが、優貴には違ったのだ。ピアニスト云々《うんぬん》ではなく、滝沢と二人でショーを見ながら食事を楽しみたかったのだろう。

「こんど、機会があったら行こうか」

「ホントですか？　嬉しいです」

　微笑んだ優貴がかわいい。腕を伸ばして抱き寄せた。優貴はおとなしく滝沢の腕の中におさまる。

どんなディナーショーに連れていこうか。優貴に似合うスーツを作らせて、ドレスアップさせて楽しもう。優貴は恥ずかしがるかもしれないが、そんな様子もまた見応えがあっていいにちがいない。

滝沢がそんな妄想に浸ってニヤニヤしていると、荷物が置かれた部屋の隅から電子音が響いた。

「あ……」

優貴が反応して顔をそちらに向ける。携帯電話にメールが届いた音だ。優貴はメールを確認しに行きたいのか、落ち着きがなくなった。滝沢は放すものかと腕に力をこめる。

「あの、日吉さん、ちょっとだけ、見に行きたいんですけど……」

「ダメだ。俺はいま、おまえとこうしてくっついていたい。メールなんてあとでいいだろう」

「でも……」

優貴はちらりと荷物を振り返る。だれからメールが届いたのか心当たりがあって、急いで返事をしなければならないのかもしれない。いったい、だれだ？　見えない人物に嫉妬《しっと》心が湧いた。

ふと、思いついた。今日の昼過ぎごろ、優貴がこそこそとメールのやり取りをしていた人物と、いまのメールの送り主は同一人物ではないのか。

滝沢は優貴を抱きしめていた腕の力を抜いた。

「いいぞ、携帯を見て来い」

「えっ……」

いきなり態度を変えた滝沢に、優貴はきょとんとする。言われた通りに荷物の方へ移動してもいいのかどうか、判断に迷った顔になった。

「見てきていいが、そのかわり、俺にも見せろ」

「ええっ？」

優貴は目を丸くして、あからさまに動揺した。これはよほど滝沢には知られたくない情報が入っているのだなと、疑われてもしかたがないようなうろたえっぷりだ。

「見ても、べつに、なにもないですよ。そんなの、あるわけないじゃないですか」

「携帯を買い与えて、料金を払っているのは俺だ。見る権利がある」

「それは、たしかに日吉さんが僕に買ってくれた携帯ですけど、自由に使っていいって……」

「もちろん、自由に使っていい。だがそれを俺が絶対に見ないという約束はしていないはずだ」

詭弁《きべん》だが、滝沢は堂々と言ってのけた。優貴は視線を泳がせている。頭の中で必死に言い逃れを考えているのだろう。そこまで秘密にしておきたいものとはいったいなんだ。優貴が守りたいとしている人物に嫉妬を覚えた。

滝沢は優貴の一番でなければならない。滝沢を最優先するのが当然だし、秘密など作ってはいけない。

「でも、でも本当に、日吉さんが見るような内容じゃないから……」

首を縦に振らない優貴に、だんだん不愉快な気分が大きくなっていく。

「おい、本当に見せないつもりか」

「あの、ダメってわけじゃないんですけど、ちょっと……」

「ちょっと、なんだ？」

「嫌かな、って」

えへ、と愛想笑いをされて、滝沢のスイッチが入った。

ゆらりと立ち上がった滝沢を、優貴が「あれ？」と中途半端な笑みのまま見上げてくる。敷かれた布団の横に、新しい浴衣と丹前が畳んで置いてあるのを見つけ、滝沢は浴衣の帯を手に取った。

「あの、日吉…さん？」

帯を手に、のっそりと優貴に歩み寄る。怯《おび》えた目になった優貴は、尻で後退《あとずさ》りした。機嫌が悪くなったときの滝沢が自分になにをするか、優貴はこの半年で学習したはずだ。手にした帯がなんの役目を果たすのかも、予想がついているだろう。逃げ場を探すように視線をうろつかせた優貴は、滝沢に謝罪するという一番手っ取り早い解決方法を選ばなかったことになる。

やっぱりメールの送信者とその内容を明かしたくないのだ。滝沢は本格的に機嫌を損ねた。

「優貴、俺に背中を向けろ」

「日吉さん……」

「両手を後ろに回せ」

それからどうするか説明しなくとも、軽く結んであった帯を解きながら命じれば明らかだ。優貴は泣きそうになりながらも、逆らわなかった。成人男性とは思えないほど華奢《きゃしゃ》な手首を縛ってしまう。

そのまま前のめりに上体を倒させて、肩と両膝で体を支える体勢にさせた。着衣のままではあるが、滝沢に尻を突き出すような格好だ。

「ご、ごめんなさい、日吉さん、あの………」

「黙れ」

いまさら謝っても遅い。秘密を作り、頑《かたく》なに口をつぐんだ。その罪は重い。

滝沢は優貴の下半身を剝《む》きにかかった。パンツのボタンを外し、下着と一緒につるりと脱がしてしまう。

「あっ」

「………おい、これはなんだ」

真っ白い尻にいくつか擦過傷ができているのを見つけ、滝沢は怒りを覚えた。うっすらと打ち身の痕《あと》も浮いている。明日になればもっと変色して目立つだろう。岩風呂で襲われたときにできた傷にちがいない。なんてことだ。

「なんなんだ、これは」

滝沢が声を荒げると、優貴の尻がびくっと震えた。

「あの、なにか、ありました？　なに？」

「おまえ、自分の尻がどうなっているのか知らないのか。擦り傷と打ち身だらけだぞ」

「ああ、なんだ……」

もっとすごい事実を発見されたかと身構えていたらしい優貴は、安堵《あんど》したように全身の力を抜いた。

「なんだじゃないっ。おまえの体は俺のものだと言っただろう。こんな傷をつけられて、冗談じゃない！」

メール云々でいったんは薄れかけていた強姦未遂への怒りが再燃し、滝沢はぎりぎりと奥歯を嚙《か》みしめた。拳を握りしめて唸《うな》っていると、優貴が不自由な体勢から首だけを後ろに捻って、滝沢を見てくる。

「……日吉さん…………岩風呂で助けてくれたときも言ってくれましたけど……………」

「なんだ」

「僕のこと、まだ日吉さんのものって、思っててくれているんですか？」

「…………………」

へんな言い回しだが、つまり滝沢の気持ちを疑っていたということか？　いったいなにがどうなって、そんな発想に至るのか、ぜんぜんわからない。これほど大事にしているというのに。

「おまえ、バカか？　いつ俺がお前への興味を失《な》くしたというんだ」

完全に呆れかえってそう詰《なじ》ると、優貴は「だって」と言い募った。

「昨日の夜、なにもしなかったじゃないですか」

そこを指摘されると事実なので頷くしかないが、旅先での一泊目にセックスしなかったからといって、即座に気持ちを疑うとは。優貴のためを思って、露天風呂でその気なりかけた息子を宥《なだ》めたというのに、ひとの気も知らないで。

だが優貴は、泣きそうになりながら心情を吐露した。

「僕……こんな素敵な旅館に連れてきてもらって、すごく、嬉しかったんです。部屋に露天風呂もあるし、布団はふかふかだし……。ここで、どんなふうに日吉さんに抱、抱かれる…のかなって、なんとなく…っていうか、ちょっと、期待していたから……」

なにもしてくれなくて寂しかった、と掠《かす》れた声で告げられて、滝沢は瞠目《どうもく》した。

「俺に、ここで、抱かれたかったのか？」

優貴はほんのりと耳を赤く染めて、ちいさく頷いた。尻を剝き出しにしてそんなにかわいく肯定されたら、滝沢の欲望は一気に膨れ上がってしまうではないか。恥ずかしいポーズをとらせてしばらく苛めてやろうと目論《もくろ》んでいたが、そんな悠長なことは言っていられなくなった。

「あ、やっ」

「動くな」

優貴の尻を両手で割り開き、滝沢はそこを露《あら》わにした。ほとんどむしゃぶりつく勢いで谷間に舌を這わせる。

「あ、あ、あ、いや、だめですっ、洗ってないからぁ……っ」

「昼に風呂を使っただろう」

「もう何時間も前ですっ」

「べつに汚れていないぞ」

自分の唾液《だえき》で濡れたそこは、ひくひくと震えている。じっと見つめると優貴が尻を振って「見ないで」と拒んできた。

「でも濡らさなきゃ、俺のデカイのが入らないだろう」

「持ってきて、ないんですか？　あの、ジェル……」

「荷物の中だ」

滝沢の荷物は優貴のものとまとめて部屋の隅にある。優貴はちらりとそっちへ視線をやり、逡巡するそぶりを見せた。潤滑剤を取ってきてくれと頼んでこないのは、滝沢がついでに優貴の携帯を弄るのではないかと心配しているせいかもしれない。

「取ってきてもいいが、おまえの携帯もついでにここへ持ってきてやろうか」

試しにそう言ってみたら、優貴は目を見張り、ふるふると首を横に振った。

「いいです。それは、いいから……」

「いいって、どういう意味だ？　持ってきてもいいのか？」

「ダメです、携帯は、触らないでくださいっ」

そうまではっきり拒まれるとカチンとくる。よし、そっちがそうくるなら、どろどろになるまで舐めてやろう。滝沢は優貴の腰をがっしりと摑んで固定し、なにをわめこうとも放しはしないという決意のもと、舌を伸ばした。

「ああ、ああ、も、もう……っ」

優貴の肌は桜色に染まり、滝沢が延々と舐め続けて指で弄っているそこは、すでに解《ほぐ》れきっている。指でねちねちと広げながら粘膜を舐めると、優貴は尻を震わせながら嬌声《きょうせい》を上げた。シーツに涙を吸わせて、優貴はひっくとしゃくりあげた。感じすぎて泣きだしてから、すでにずいぶん時間がたっている。

「いかせて、いかせてくださ…っ」

無理な体勢のまま嬲《なぶ》られ続けて、優貴の膝はぶるぶると震えていた。大腿の付け根で露を垂らしているペニスは、ルビーのように先端を赤く輝かせてぱんぱんに腫《は》れていた。決定的な刺激をもらえていない優貴は、勃たせまま苦しい状態で滝沢に苛められている。

「いかせてほしかったら、メールの送信者と内容を教えろ」

もう何度もおなじ質問をしているが、頑固なところがある優貴は唇を噛みしめて白状しない。いい加減、滝沢もおのれの欲望を堪えているのが辛くなってきている。とっとと観念してくれればいいものを。

よし、押してだめなら引いてみろ。

「そんなに教えたくないなら、もういい」

滝沢はわざとらしくため息をつき、優貴の体から離れた。ついでに後ろ手に縛っていた浴衣の帯も解いてやる。いきなり自由にされて、優貴はぐすぐすと洟をすすりながら体を起こし、不安そうに滝沢を振り返ってきた。

下半身は丸出しだが、シャツを脱がす前に腕を縛ったため、半裸状態だ。シャツの裾が股間を微妙に隠している。勃起したままのペニスがチラ見え状態で、なかなかそそる。ウガーッと襲いかかっていい具合に解れた後ろに思い切り突っこみたいところだが、滝沢も意固地なので瘦《や》せ我慢を続けた。

メールの内容をどうしても知りたかったら優貴の携帯を盗み見ればいいのだが、できれば本人の口から語らせたかった。そうでなければ意味がない。

「俺に話したくないってことは、メールの相手の方が大切なんだろう。抱いてほしかったら、そいつに頼め」

「えっ……」

優貴が涙で濡れた目を大きく見張った。すぐにふにゃんと子供のように表情を崩して本気の泣き顔になる。

「日吉さん、そんな……日吉さんっ」

すがりついてくる優貴を、滝沢はかなり邪険に振り払った。

「おまえは俺を信用していないんだろう。勝手にすればいい」

「ちがいます、信用していないなんて、そんなことはありませんっ」

「昨夜セックスしなかったから俺の気持ちを疑ったんじゃないのか。そんなに信用されていないなんて、ショックだ。俺に秘密を作るし……」

ちょっと寂しそうに背中を向けると、優貴は「日吉さんっ」としがみついてきた。

「ごめんなさい、ごめんなさい」

「もういい」

「日吉さぁん」

優貴は滝沢の背中にくっついて、めそめそと泣いている。あたたかい涙が布地にじわりと染みてきて、滝沢は満足だ。涙の量が、優貴の愛情のバロメーターのような気がして。

「メールは、野々垣さんに相談があって、やりとりしていたんですっ」

「…………えっ？」

意外な人物の名前が飛び出してきて、滝沢はいじけた演技を忘れた。くるりと振り返り、優貴の肩を掴む。

「野々垣と？　正月からいったいなんの相談なんだ。それに、相手が野々垣なら、俺に秘密にする必要はないだろうが」

「む、向井さんのことだったから……日吉さんに言えなかった…………」

唇を震わせて、優貴はとうとう白状した。意外なメール内容を教えられて、滝沢は啞然とする。

「向井？　向井のこと……って、おまえ、あいつにねちねちと嫌味を言われてたの、わかっていたのか？」

「わかりますよぅ、そのくらい」

優貴はシャツの裾でぐちゃぐちゃの顔を拭いた。手ごろな布が手元になかったからだろうが、すこし萎《な》えて半勃ちのペニスが丸見えになったのに気づいていない。

「あの人、滝沢さんの元カレ、ですよね……」

「あいつがそう言ったのか」

言うなと口止めしておいたが、あのバカ者はとんでもなく口が軽いか、あるいは底なしの意地悪か。

だが優貴は首を横に振った。

「いいえ、向井さんは言っていません。僕が、そうなんじゃないかって、思っただけです」

のんびりぼんやりしているだけではなかった。恋人としての第六感なのか、優貴は向井の態度に感じるものがあったということか。

「昨日、チェックインしたときにすぐ、向井さんは以前、日吉さんとそういう関係だったんだろうなって、わかりました。日吉さんを見る目がなんとなくそんな雰囲気だったし、僕を睨んでいたから……。でも、日吉さんはこんなに格好いいんだからモテるだろうし、過去をいちいち気にしていたらいけないと思って、なにも考えないようにしていました。でも、昨夜、日吉さんは抱いてくれなかった……」

ぐすんと洟をすすり、優貴は背中を丸めてぽつぽつと語った。

「もしかして、この旅館に向井さんがいるから、僕になにもしないのかな…って、もしかして、向井さんと再会して、日吉さんの気持ちがそっちに傾いちゃったのかな…って、考え出したら、すごく怖くなって……」

どうしてそっちに思考がズレていくのだ。何年も前に関係が終わった男の恋人に、あからさまに意地悪をするような奴を、滝沢がまともに相手にするわけがないではないか。そこまで常識がない人間ではないつもりだ。

「たしかに、ゆうべセックスしなかったのは、向井が気になっていたからだ」

正直に打ち明けると、優貴は「ううぅ」と呻いて、新たな涙で黒い瞳を盛大に濡らした。

「おい、最後まで話を聞け。向井が気になってセックスしなかったのは本当だが、それは俺の関心があいつに傾いたからじゃない。あいつが、この部屋でセックスしたことをネタにして、おまえに嫌味をぶつけるのが嫌だったからだ」

「……えっ……そうだったんですか……？」

半信半疑といった顔で、優貴が首を傾げる。信じてくれよ。

「おまえは俺のものだ。おまえを苛めていいのも俺だけだ。向井のバカ野郎が勝手におまえを苛めるのが許せなかった。だから一泊だけして、とっとと屋敷に戻るつもりだった。俺の休みは三日までだから、それまでのあいだ、屋敷でおまえをたっぷりとかわいがってやろうと思っていた」

「でも、ディナーショー……」

「そうだ。おまえがディナーショーに興味を抱いたから、しかたなく、もう一泊しようと決めた」

優貴は滝沢に言われたことを頭の中で必死に整理しているようだった。昨夜セックスしなかった理由は理解できたと思いたい。

「それで、野々垣にどんな相談をしていたんだ？」

さっき警察から野々垣に連絡を取ったとき、優貴と向井の件でメールをやり取りしたなんて、ちらりとも匂わせていなかった。滝沢に雇われているくせにこんな大切な情報を流さないなんて、秘書として自覚が足らない。正月休み中だからという言い訳は通用しない。

野々垣に対してムカムカと腹を立てている滝沢の不機嫌な形相に、優貴はまた怯えた目をした。

「お、怒らないでください。日吉さんの秘書である野々垣さんに、勝手にメールをしたのは謝ります。でも野々垣さんなら向井さんのことをよく知っていて、どうすればいいかアドバイスがもらえるかなと思って……」

「野々垣とメールをしていたのは別にかまわん。それより、アドバイスってなんだ」

「あの、僕……向井さんみたいにきれいな人に勝つ自信がなくて、でも日吉さんと別れたくなくて、なにかいい案を教えてもらえないかなって」

「ああ～？」

聞き間違いか、それとも幻聴か、滝沢はおのれの聴覚機能と正気を疑いたくなった。それほど優貴の悩みは見当はずれだった。

「俺の昔の男が現れただけで、おまえは別れようと思うのか！」

「だから、別れたくないから、僕は――」

「あいつの顔は確かにいいが、それだけだ。性格は最悪で、おまえとは比べようもない。とことん俺と合わなくて別れたんだ。できれば二度と会いたくなかった」

「でも、日吉さんはここが向井さんの実家だと知っていて、僕を連れてきたんですよね？」

「そんなわけないだろうっ」

つい力いっぱい否定してしまったら、優貴は大声にびっくりしたのか体を竦める。冷静になれと自分自身に言い聞かせながら、滝沢は今回の正月休暇の流れを説明した。

優貴を連れてどこかへ行きたいと思いついたのが休みの間際だったこと、そのため宿がなかなか見つからなくて、命じられていた野々垣がやむを得ず滝沢の元カレである向井に連絡を取って部屋を頼んだこと――。

「俺はここが向井の実家だとは知らなかった。実家が旅館だとは聞いていたが、それが箱根で、ここだとはまったく予想もしていなかった。知っていたら、おまえを連れてきたりはしなかった。いくらなんでもそのくらいの常識はある」

「そうだったんですか……」

優貴はちょっと茫然としている。野々垣はこの経緯を優貴へのメールに書かなかったらしい。自分には責任がないと暗に主張したかったのか。

「それで、アドバイスとやらはもらえたのか」

野々垣がなんと返事をしたのか気になるところだ。

「えっと……ちょっと待っててください」

優貴はのそのそと這って荷物のところまで行き、携帯電話を取り出し、またもそもそと布団の上に戻ってきた。下半身が丸出しである現状を、優貴はすっぽりと忘れているとしか思えない。無防備なさまがかわいくてエロくて滝沢の目を楽しませてくれるから、それはそれでいいが。

「最初に、『向井さんが日吉さんの元カレっぽいけど僕はどうしたらいいですか？』って送ったんです。そうしたら、『気にしなくていい。旅行を楽しみなさい』って返信が来ました」

「なるほど。その通りだな。野々垣は間違っていない」

うむ、と滝沢は頷き、自分の中での野々垣の評価をぐっと上げた。

「気にしないように僕も努力したんですけど、向井さんが顔を合わせるたびに色々と言ってくるので、どんどん辛くなってきて……また野々垣さんにメールしました。『向井さんに勝てる気がしません。あんなにキレイな人っているんですね』と送ったんですが『向井がキレイなのは顔だけ。君は心がキレイだから日吉が惚れたんだと思う』なんて返してくれて……」

「野々垣は正しい」

評価がさらにぐぐっと上がる。休み明けにいくらかお年玉でも包んであげよう。

「いえ、正しくなんかないです……。心がキレイなんて、とんでもない。向井さんへの嫉妬で腹の底はむかむかのどろどろでした。もっと早く、日吉さんに出会いたかった……向井さんよりも前に出会って、あんなにキレイな人とは付き合わないで欲しかった……って、考えても仕方がないことばかりぐるぐると――」

優貴はしょんぼりと項垂れて、携帯電話を弄っている。

「そうしたら野々垣さんが『日吉の下半身にまつわる過去の悪行の数々は、もうどうしようもない。いちいち気にしていたら身がもたないぞ』なんて慰めてくれて」

お年玉は消滅した。おのれ、野々垣め。

「さっき届いたメールには……『ケガはなかったか？　たぶん日吉は怒り狂っているので、宥めておいてくれ。旅程を切り上げて明日には帰ってくることをすすめる』って」

携帯電話から顔を上げて、優貴は涙目を向けてきた。

「日吉さんの秘書はとってもいい人ですね」

「ああ……まあな」

いつも一言多いが。有能なのは確かだ。

「まあ、今回のことで俺も反省した。もっと計画的にやるべきだった」

「あ……だから、次にどこへ行きたいかって聞いたんですか？」

「そうだ。時期や俺の休暇期間によっては、おまえの希望通りにいかないかもしれないが、できるだけ行きたいところへ連れていってやろうと思う」

「日吉さん……」

　優貴はほんわりと頬をバラ色に染めて、黒い瞳を潤ませた。これは喜びの涙だろう。滝沢の広い心に打たれて、感激しているのだ。よしよし、話を正しく理解できたな。

「そういうわけだから、明日、帰るぞ。こんな旅館からはとっととと出ていきたい。向井がいるし、強姦魔はいるし、最悪だ」

　これで話は終わった。中断していたセックスを再開しようと、解いた浴衣の帯を視線で探した。すぐに見つけて手を伸ばし、今度は足も縛ってみようかとイケナイ妄想を膨らませていたら、優貴がそっと擦り寄ってきた。

「……日吉さん」

　シャツ一枚のしどけない格好で、滝沢の腕を引いてくる。頬だけでなく目元までバラ色になった優貴は、匂うような艶《つや》を放っていた。萎えていた滝沢の股間はぐっと一気に熱を復活させる。

「さっきの続き……してください……」

「優貴？」

　恥ずかしそうにしながらも、優貴は積極的に体を近づけてくる。

「向井さんのことを気にするなって僕に言うなら、日吉さんも気にしないで、最後までしてください。あの人が言葉でちょっと意地悪してくるくらい、日吉さんに抱いてもらえない寂しさに比べたら、なんでもありません。変な気を遣わないで、日吉さんの、好きなようにしてほしいです……」

よく言った。小動物系の優貴にしてははっきりとものを言った方だ。おどおどぐずぐずしている優貴もかわいいが、こんなふうに精一杯の勇気で迫ってくる優貴もなかなかかいい。

「俺に抱かれなくて、昨夜は寂しかったのか」

「……はい。とても……」

「手を繋いで寝ただろう」

「手だけじゃなくて……もっと……、その、いろいろなところでくっつきたかったです」

カーッと顔中を赤くして、優貴は俯く。滝沢はもうニヤニヤ笑いがとまらない。浴衣の帯などどうでもよくなって、ぽいと放った。

「いろいろなところって、どこだよ」

「……いろいろです……」

「ここか？」

剥き出しの尻をつるりと撫でれば、優貴は「あっ」とちいさく声を上げた。

「それとも、ここか？」

シャツの裾から手を入れて胸をまさぐった。優貴は呼吸を荒くして、何度も頷く。

「あ、あ、あ、んっ」

「ここは、なんだった？」

「ち、くび、ですっ」

「ここは？」

中途半端に勃っている股間をてのひらで包むようにして持ち上げると、優貴は切なそうに甘い息を吐いた。

「そこ、そこは………――です………」

蚊の鳴くような声ながら、優貴は幼児語でちゃんと答えた。よほど滝沢に抱いて欲しいのだろう、従順だ。いまならどんなことでもできそうだと、滝沢は意地の悪い笑みを深くした。

「さっき、尻を弄られて、いきそうになっていたな」

「は、はい。気持ち…よかったです…」

「尻を舐められるのは好きか？」

「好き、です……」

言わされる羞恥に耐えかねてか、優貴はきつく目を閉じた。目尻に涙が浮いている。それでも滝沢に弄られている股間は勃起しているのだから、優貴はもともとMっ気があるのだ。われながら人選に間違いがなくて素晴らしい。

「尻はもう解れているだろう。じゃあ、すぐに入れられるように、おまえのここで俺の準備をしてくれるか」

ここ、と指で半開きの唇をなぞってやる。優貴はぼうっと酔ったような目で滝沢を見つめると、こくんと頷いた。

滝沢の足の間に体を入れて、ベルトを外してくる。優貴にしては焦った手つきで、滝沢の下半身を露わにさせた。

「わあ……」

下着から解放されたそれは、臍《へそ》にくっつくほどに勃起して反り返っている。昨夜の我慢と、さっきまで勃起していたのに中断させられていたせいで、溜まりきった欲望がはち切れそうになっていた。

「んっ……」

優貴は舌で先端に触れてきた。先走りでべたべたになっている亀頭《きとう》を、愛しそうに舐めてくれる。柔らかであたたかい舌の感触は、滝沢を陶然とさせた。大きく口を開けてペニスを口腔に含んだ優貴の頭を、片手でぐっと押しつける。苦しそうな呻き声が漏れ聞こえたが、やはり優貴は萎えていない。ちょっと苦しいくらいがいいのだろう。

ときおり優貴の喉を突くように腰を浮かして、口腔の愛撫を楽しむ。懸命に奉仕している優貴は、とても気高く美しく見えた。これは俺のものだと強烈な独占欲が湧いてくる。岩風呂で最後まで犯されなくてよかった。

優貴はキスもセックスも滝沢がはじめてだった。ほかの人の手を知らない。もし強姦されていたら、ショックのあまり滝沢と別れたいと言い出しかねない純粋なところがある優貴だ。

本当にここが無事でよかった――と心の中で呟きながら、滝沢はもう片方の手を伸ばした。

「んんーっ」

優貴の尻に指を這わせた。すでにぬめって綻《ほころ》んでいるそこに、指を挿入する。優貴は背中をびくびくと震わせてから、ゆるく尻を振った。もっとしてほしいのだ。指を二本にして、内側の感じる場所を擦ってやった。

「あ、まっ……待って、だめ……」

顔を上げた優貴は、口元を唾液でびしょ濡れにして苦しげに身を揉む。

「なにがだめなんだ」

「そんなにしたら、いっちゃう………」

「いけばいいだろう」

「だめ、日吉さんと一緒じゃなきゃ、嫌だ」

またかわいいことを言ってくれる。

優貴は快感に支配されて動きが鈍くなった手足で、滝沢の腰を跨《また》いできた。対面座位の体勢で、体を繋ごうとしてくる。本当に今日は能動的になっている。向井への対抗心か。

「そのまま入れるのか。ゴムは？　一応、持ってきているぞ」

「いらない……」

ん、ん、とかわいらしい鼻声を出しながら、優貴は自分の後ろに滝沢のそれをあてがい、じりじりと腰を落としてくる。口腔とはちがった弾力のある粘膜に、ずるりと誘いこまれるようだった。

「中に、中に出して」

優貴は必死になっている。滝沢の首にしがみつき、そこを懸命に開いて、太くて長いものを体内に納めようとしていた。やっと根元まで入ったときには、もう疲労困憊《こんぱい》といった態になっている。きゅうっといい具合に全体を締めつけられてはとうていじっとしていられず、滝沢はすぐに腰を突き上げた。

「あんっ」

優貴が細い体をくねらせて悩ましげな声を上げる。

「中に出していいのか？」

「いい、いいからぁ」

優貴の許可がなくとも、滝沢はいままで出したいときに出してきた。だがあとで始末が面倒なのは確かで、優貴に何度も文句を言われた。

「日吉、さんが、洗って……僕を、洗ってよぅ」

「優貴？」

ゆさゆさと小柄な体を上下に揺さぶられながら、優貴は甘えた口調でねだってくる。なんだいったいどうした。

恥ずかしがっていやがる優貴をなかば強引に風呂場に連れていって洗ったことはあっても、望まれたことなどない。中出しした体液をかき出す作業なんて、排泄《はいせつ》も同然だ。しかも滝沢はついでのように前立腺《ぜんりつせん》を弄るから、優貴はいつも最後には泣きながら勃起させていた。

「露天風呂で洗って、エッチもして」

「おい、露天風呂は外だぞ。声を我慢できるのか？　聞かれるぞ」

「いいから、向井さんに聞かれても、いいからっ」

優貴は理性をかなぐり捨てているのか、滝沢にあわせて尻を振りながら、きゅうきゅうと締めつけてくる。とろけそうな快感に理性を崩され、さすがの滝沢も会話などできなくなってきた。

「いや、向井だけじゃなくて、他の客にも………くっ」

「聞こえても、いいっ。向井さんに、聞かせたい、見せつけたいからぁ」

半泣きで優貴はしがみついてくる。つまり、向井にあてつけるように人目も憚《はばか》らずイチャイチャしたいというわけか。かわいい独占欲じゃないか。

「いいだろう、望み通りにしてやる」

「あんっ」

繋がったまま優貴を布団に押し倒した。両足を抱え上げて、激しく突きまくる。優貴のいいところを執拗《しつよう》に亀頭で擦りながら、勃起している小ぶりなペニスを指で嬲った。

「あーっ、あーっ、いい、いい、いく、も、いく、いっちゃう……っ」

「ほら、いけよ。俺もたっぷり……出してやる」

ねっとりと吸いついてくる襞《ひだ》を剛直でかき回し、優貴を悶えさせる。セックスを我慢していたぶん、快楽は深かった。身も世もなくよがる優貴は眼福で、滝沢は腰を振りながら舌舐めずりした。優貴が潤んだ目で見上げてきて、熱いため息とともに目を細める。

「かっこ、いい……日吉さ、すご……日吉さん……」

うっとりと呟いて両手を伸ばしてくるから、抱きしめてやった。挿入の角度が変わって優貴が違った音色のよがり声を上げる。

「好き、好き、すごく好き」

「ああ、知ってる」

「ね、気持ち、いい？　僕の体、いい？」

「最高だ」

「……うれしい……」

日吉さん、と快感に掠れた声で唇を求めてくる優貴に、滝沢は濃厚なキスで応えた。痛いほどに舌を絡めて声を奪ったまま、激しく優貴の体を責める。喉で叫びながら、優貴が全身を強張《こわば》らせた。絶頂が近いのだ。

顔を離すと、「いく…」と吐息のような声が、濡れた唇からこぼれる。

「いきそうか？」

顔を真っ赤にして優貴はこくこくと頷く。

「も、だめ……」

「おまえの中、すごくうねっている…。そんなに気持ちいいのか？」

「いい、いい…ですっ」

「そうか。それはよかった」

ぐんっと思い切り突きこんだ瞬間、優貴の中がきゅうっと収縮した。

「――――っ！」

声もなく優貴がしなやかに背中をのけ反らせて、絶頂に達した。びくびくと痙攣《けいれん》しながら精液を撒《ま》き散らし、強烈な締めつけで滝沢にも最後を促してくる。

「くっ……」

耐えきれずに滝沢も放った。優貴が望んだとおりに、最後の一滴まで注ぎこむ。

ゆっくりと引き抜こうとしたが、優貴のそこは滝沢をくわえこんで離してくれそうにない。まだ足りないと言わんばかりに粘膜が蠕動《ぜんどう》して、心地良い刺激を与えてくれる。これでは萎える暇がない。

「優貴、おまえのここは欲張りだな」

「えっ……」

快楽の余韻にひたってぼうっと天井を見上げていた優貴は、なにを言われたかわからないと首を傾げた。ここ、と滝沢は硬度を保ったままのペニスで中をかき回してやる。体液がぐちゅっと粘着質な音をたてた。

「なに、なにが……」

「俺を離そうとしない。きゅうきゅう締めつけてきて、いい感じだ。このまま二回戦にいくか」

「えっ、えっ？」

目を丸くしながらも、滝沢が律動を再開すればすぐに、とろんと目を蕩《とろ》けさせる。

あんあんと声が嗄《か》れるまで泣かせて、さらに露天風呂に移動して後ろを洗ってやり、さらにそこでも体を繋げて、欲望の限りを尽くした。

そうして、滝沢と優貴の波乱の一月一日は更けていったのだった。


「やりすぎなんだよ！」

座卓を拳でドンと叩いた向井に、布団の中から優貴が謝った。

「す、すみ、ま、せん……」

いつもの涼やかな声はどこへやら、今日の優貴は親でも聞き分けられなさそうなガラガラ声だ。向井はチッと舌打ちして、ため息をつく。

「あんたのせいじゃないよ。元凶はこっちのバカだろ」

びしっと指をさされだが、滝沢はしらぬふりでお茶を飲んだ。

一月二日の昼、予定ではとうにチェックアウトして帰路についていたはずなのだが、昨夜盛り上がり過ぎて優貴は足腰が立たず、布団の住人と化している。横たわったまま顔だけを座卓がある部屋の方に向けて、滝沢と向井を見ていた。目の下にはクマができ、顔色がよくない。そのやつれ具合は半端ではなかった。

　いったいどうしてこんなことに……と、滝沢には憤る資格はない。向井が指摘したとおり、元凶は滝沢だからだ。

「あんた、わかってんのか？　こんなおぼこい子をよぼよぼにするほどセックスするって、どんだけ鬼畜なんだよ。いい年して絶倫って、なに？　どっかおかしいんじゃないの、病院行ったら？」

　滝沢は湯のみを置いて、ちらりと向井を睨む。

「うるさい。騒ぐな。優貴がゆっくり休めないだろう」

「そうさせてるのは、あんただよ！」

　向井はキーッと眉を吊り上げた。

「夜中に電話しただろ。周りの客室から声がうるさいって苦情が来ているって。そのときに言うことをきいて終わりにしておけばよかったんだよ。何時間もあんあんひーひー言わせて、周りの迷惑考えろ！　うちはラブホじゃないんだ！」

「ごめ、ごめんなさ……」

　無理に喋ろうとすると咳《せき》が出るらしく、優貴はごほごほと咳《せ》きこんだ。

「だから、おまえが謝ることはないって言ってんのっ」

　旅館の従業員であるはずの向井だが、さっきから敬語を忘れてしまっている。滝沢と二人きりのとき以外は立派な跡取り息子を演じていたのに。

「こいつが張り切り過ぎたってだけなんだから。三十も半ばになって、いったいなにやってんだか。がっつきすぎだよ」

「向井」

向井の言葉はあながち間違いではないが、いい加減うるさい。抗議しても黙りそうにないので、ここから追い出した方が早いだろう。

「なんだよ。昨夜の謝罪なら、周りの宿泊客にしてくれよ」

「どうして俺が謝らなくちゃならないんだ。おかしなことを言うな」

「はぁ？　おかしなこと？　あんたの頭の方がおかしいよ！」

「苦情なんて知ったことか。どうせ満足に勃ちもしないような年齢の客ばかりなんだろう。やっかみだ。放っておけ」

「あんたねぇ……」

向井が摑みかかってきそうな目で睨んできた。実際に手を上げるような男ではないとわかっているが、優貴がものすごく心配そうに見ているので、ほどほどにしなければ。

優貴が元気なときなら、わざと向井とやりあってハラハラさせるのも面白いのだが。

「腹が減った。なにか用意してこい」

実は昨夜からなにも食べていない。夕食を食いっぱぐれたままセックスに突入し、明け方まで励んでいたせいで朝食も取っていなかった。もう昼だ。

向井はぎりぎりと音が聞こえてきそうなほど奥歯を嚙みしめていたが、やがて「わかりました」と答えた。旅館の従業員に戻ったらしい。

「館内の日本料理の店から、適当にみつくろって運んできます。そちらの病人には、消化によさそうなものがいいですよね」

「当たり前だ。さっさと行け」

しっしっと追い払うように手を振れば、向井は鬼のような形相で睨みつけながら部屋を出ていった。

優貴が気遣わしげな目で、向井が去っていった襖を見ている。

「あの……あんな言い方をして、大丈夫なんですか？」

「気にするな。ここにいるあいだ、俺たちは客だ」

「でも、大学に戻ったら、そうじゃないですよね。もし偶然キャンパスで会ったら、どうすればいいのかな…」

「会わないようにしろ。いままでも会わなかったんだろう」

「たぶん会っていなかったと思いますけど……いままでおたがいに存在を知らなかったわけですから、気づかなかっただけかも……」

「じゃあ、偶然会ってしまったら、無視しろ。あいつと親しくする必要はない。ついでにあいつの悪い噂を撒いておけ」

「そんなことできるわけないじゃないですかっ。うっ……ゴホッ」

つい大きな声を出してしまった優貴は、しばらく咳きこんだ。

「大声を出すからだ。喉を痛めているのに」

「日吉さんのせいでしょう」

向井と同じように睨んでくるから、かわいくないなと思ってしまう。すこし体力が回復してきたのかもしれない。食事をしてエネルギー補給を済ませたら、また体力を奪うようなことを仕掛けてみようか。

滝沢がフッと笑うと、優貴は顔を背けて布団の中にもぞもぞともぐっていってしまった。なにも言っていないのに、よからぬ企《たくら》みを感じ取ったか。

「優貴」

「……なんですか」

「もう一泊することになったな」

「……そうですね……」

「結局は予定通りに三泊四日だ。俺は一泊で帰ると決めていたのに、どうしてこうなったんだろうな」

「………………」

優貴は沈黙した。布団にもぐったまま、色々と考えているのだろう。滝沢もあえて沈黙してみた。

しばらく時間が流れ、優貴がおそるおそるといった感じで頭を出す。

「あの…………」

「なんだ」

「三泊になったのは、僕のせい……？」

優貴は泣きそうになりながら首を傾げてくる。そういう思考回路だから、優貴は愛すべき小動物なのだ。向井が聞いたら爆発しそうなセリフを、滝沢は歓迎した。

「そう思うのか？」

「……なんとなく……」

「なんとなく？　曖昧《あいまい》だな」

「あ、いえ、僕のせいです」

断言してしまってから、優貴はいっそう悲惨な表情になった。なにかとんでもない罪を背負ってしまったかのようだ。これだから優貴は一緒にいて楽しい。もう離せない。優貴以上に愛すべき人間など、もう絶対にいないだろう。

「自分のせいだと思うなら、償わなければならないな」

「そう……ですか？」

「そうなんだ」

滝沢は笑みを浮かべながら、じりじりと布団に近づいた。優貴は許しを請う子羊のような目になっている。あなたのためならなんでもしますと、顔に書いてある。

「どう償ってもらおうかな」

滝沢は布団に手をつっこんだ。「あっ」と優貴がちいさく声を上げる。浴衣一枚をまとっていただけなので、やはりかなり乱れていた。足を触ってみたら、ほぼ剝き出し状態になっている。

「あ、あの、あの……っ」

「どうした」

「僕、もうなにも出ませんっ」

「うっ」

すごい断り方に、滝沢はうっかり言葉を詰まらせてしまった。いかん、怯《ひる》むな。笑うな。

気を取り直して手をさらに奥へと滑らせる。内股はしっとりとした手触りで、昨夜の名残か熱っぽい。このあたりにはたくさんのくちづけの痕が残っているのを、つけた張本人である滝沢はよく知っていた。

「ホントに、日吉さん、もうできませんからぁ」

「セックスするとは言っていないだろう」

「でも、触り方がいやらしいですぅ」

「気にするな。これは償いの一環だ」

「えっ、そうなんですか？」

セックスしないで触っている行為が償いとは、はていかに？　優貴がまたもやぐるぐると悩みだす。

くそぅ、面白い。

「じっとしていろよ」

「は、はいっ」

滝沢はご機嫌な内心を隠しつつ、難しい顔を作って優貴の体にいたずらしまくった。

輿に乗ってしまい、向井がそのうち食事を運んでくることを忘れて——。

「あんた、なにやってんだよっ。いい加減にしろーっ！」

三十分後、いちゃいちゃしているバカップルを目撃した向井がキレてしまい、怒鳴り声が旅館中に響き渡ったのだった。

おわり

子羊の学食レシピ

「あっ」

お昼時、学生食堂に足を踏み入れた優貴《ゆき》は、思いがけない人物に遭遇して唖然《あぜん》とした。相手もしばし驚いた様子だったが、優貴よりも先に我に返り、にっこりと微笑《ほほえ》んできた。

「こんにちは、小玉《こだま》君」

「こ、こ、こんにち……は」

優貴は声をひっくり返しながら、おずおずと会釈した。向井《むかい》はプラスチックのトレイを二枚取り、一枚を優貴に渡してくれる。

「はい、どうぞ」

「ありがとう、ございます」

学生たちの列に加わった向井のすぐ後ろに並びながら、そっと上目遣いで様子を窺《うかが》う。ひさしぶりに会った向井は、やはりすごくきれいだ。もしかしたら学食の中のだれよりもキラキラ成分が多めかもしれない。

一月三日に箱根の旅館で別れて以来、ほぼ一カ月ぶりの再会だった。いろいろととんでもない出来事がてんこ盛りだった正月。あれこれと大変だった数日間のことをすべて向井に知られているわけだ。

その後、連絡を取ったわけではないのでどう思われているのかまったく知らない。ついつい向井を盗み見るような態度になってしまう優貴だ。

「俺の顔に、なにかついてる？」

「あ、いえ、なにも」

　優貴は慌てて視線を逸《そ》らし、手元のトレイを見た。順番が回ってきたので、きつねうどんの丼を取る。バランスよく食べるようにと滝沢《たきざわ》に言われているので、ほうれん草のおひたしが入った小鉢もトレイに乗せた。その横で向井がカレーライスを取っているのを見て、軽く驚いた。

「向井さん、カレーなんて食べるんですか」

　思わずそんな失礼なことを言ってしまった。

「食べるよ。ここのカレー、けっこうおいしいし」

「へぇー……」

　感心した優貴に、向井は苦笑する。

「そんなに驚くことかな」

「え……だって、向井さんはもっとオシャレなメニューを選ぶのかと……」

「この学食でオシャレなものってなに？　逆に聞きたいよ」

「ああ、そうですね……。すみません」

　一番古い建物の中に昔からある学生食堂のメニューは一般的だ。学生のお財布に優しい、安価なものが並んでいる。

　キャンパス内の比較的新しい校舎にはカフェがあり、そちらの方が内装もメニューもおしゃれだ。お小遣いに余裕があって、かつ小食の女子学生などはそちらに行くことが多いと聞く。

「あの、向井さんはこっちの学食に来ることが多いんですか？　カフェには？」

「ああ、あっちね。味は悪くないんだけど、量が少なくてお腹《なか》がいっぱいにはならないよ。そう思わない？」

にっこりと優しく微笑みながら、なんと向井はカレーライスをもう一皿手に取っている。どうするのかと不思議に思った優貴の前で、当然のように向井は自分のトレイに乗せた。プラスチックのトレイは、カレーを二皿も乗せて、わずかにしなっている。重そうなトレイを楽々と片手で持ち、向井は清算した。

優貴は茫然《ぼうぜん》としながらも続いて清算し、あの細いお腹のどこにカレーが二皿分も入っていくのだろうと疑問でいっぱいになった。

「いっしょに食べようよ」

誘われて、窓際の席に向かいあって座った。向井は「いただきます」と行儀よく手を合わせたあと、優雅な手つきでスプーンにカレーをすくい、口に運ぶ。ほとんど嚙《か》んでいないのかと思うほどのスピードで、向井はするするとカレーを食べていった。

「君は食べないの？　冷めちゃうよ」

「あ、はい」

うっかり凝視してしまっていたが、失礼きわまりないことに気づく。優貴は慌てて自分も食事を開始した。

「小玉君って、二十歳なんだよね。二年生？」

「いえ、まだ一年生なんです」

「浪人したの？」

「していません。高校を四年かかって卒業したので……」

意外だったのか、向井はちょっとだけ目を見開いて、スプーンを置いた。

「……もしかして、なにか大病をしたとか、交通事故で大けがをしたとか？　君がサボって高校を留年したとは思えないんだけど。あ、どこかへ留学していたとか？」

「健康です。留学でもありません。そういう事情ではなくて、あの……僕の家はあまり金銭的な余裕がなくて、働きながら学校に通ったんです」

「えっ、そうだったの？」

それなのにどうして私立の大学に通っているのか――と、向井の顔に疑問が浮かんだような気がして、優貴は自分から話した。

「実は僕、いま授業料全額免除の特待生なんです」

「へぇー……知らなかった……」

向井はしばし珍獣を見るような目つきになった。優貴はうどんをすくっていた箸《はし》を止めて、じっと丼の中を見つめる。授業料全額免除の特待生が珍しいのは本当なので、奇異の目で眺められるのはしかたがない。それだけ羨《うらや》ましい立場なのだと割り切るしかないのだが、優貴はなかなか慣れることができなかった。

早く食べなければうどんが伸びるとわかっているのに、箸を動かせない。食欲がどんどん失《う》せていきそうだった。

「そうか、君だったんだ。ひさしぶりに授業料全額免除の学生が出たっていうのは」

向井は食事を再開しながら、ぽつりと呟《つぶや》く。

「すみません、僕で……」

「どうして謝るんだ？　決めたのは理事会だろ。あの理事長がいろいろと意見は言っただろうけど、その後の成績がふるわなければ即、資格剥奪《はくだつ》のはずだから、君は真面目《まじめ》に頑張っているってことじゃないの？」

そう言ってもらえるとホッとする。食欲がなくなりかけた優貴だが、なんとか食事ができそうだ。

「ところで、またうちの旅館に来てくれる？　強姦魔《ごうかん》は泊めないように努力するから」

ぶっと口に入れたばかりのうどんを吹き出してしまった。汁が飛び散った口元に慌てて、優貴はポケットからティッシュを出して拭《ふ》いた。

「すみません、すみません、飛びましたよね。これで拭いてください」

「ああ、大丈夫」

向井はにっこりと微笑みながらティッシュで自分の顔を拭いた。顔にまで汁が飛んだのかと、優貴は青くなる。

「ごめんなさい、本当に、その……」

「いや、こんなに反応するとは思わなかった俺が甘かったんだよ」

「…………すみません………」

もうすっかり食欲がなくなった優貴は箸を置いて、丼の中に顔を突っこんでしまいそうなほど項垂《うなだ》れた。

酔客に襲われたときの恐怖はしばらく優貴を苛《さいな》んで、不眠をもたらした。寝ると悪夢を見そうで怖かったし、実際に何度か魘《うな》された。そういうときは、一緒に寝ている恋人の滝沢が根気よく宥《なだ》めてくれて、いまではずいぶんよくなったのだが。

「ねえ、顔を上げてよ。どうしてそんなに暗くなっているの？　俺は旅館の営業トークを展開しようとしただけだよ」

「はい……」

おずおずと顔を上げて、優貴は精一杯の勇気でもって向井を見た。向井はまるで天使か菩薩《ぼさつ》のような慈しみがあふれた笑顔をしている。

「今年の正月は、君にとっては災難だったかもしれないけど、いつもあんな事件が起こるとは思わないでほしいんだ」

「それは、もちろん、はい……」

もうその話はいいから、と向井の口を止めたい。思い出したくないのだ。しかもここは学食で、だれが聞いているかわからない。不用意なことは言わないでもらいたかった。

「ぜひまた遊びに来てくれないかな。春休みなんてどう？　お詫《わ》びに宿泊費はタダにするから、専用露天風呂付きの最高級の部屋を、また用意するよ」

「いや、あの、行けないかと思います……」

できればあの旅館には二度と足を踏み入れたくない優貴だ。強姦されかかった傷は滝沢のおかげもあって癒《い》えてはいるけれど、完治したわけではない。たとえ別の旅館でも、あの雰囲気がもしかしたらダメかもしれない。だから次の旅行には、完全洋風の外資系ホテルを選ぼうと、滝沢も言ってくれている。

「どうして行けないの？　あ、どこかちがうところへ行く予定？」

「えっ…と、沖縄に行こうかって、日吉《ひよし》さんとは相談しています」

はっきりそう言えば諦《あきら》めてくれるかと期待して口にしたが、向井は目を輝かせた。

「沖縄？　いいね。俺もついて行こうかな」

「ええっ？」

どうしてそうなる。今度こそ滝沢と二人きりの休暇を楽しめると期待していたのに。

優貴があからさまに迷惑そうな顔をしてしまったのを、向井は見逃さなかった。ふっと寂しそうな苦笑を浮かべてみせる。

「そんなに嫌わなくてもいいじゃないか。君を危ない目にあわせた旅館の息子なのは確かだけど」

「べつに、嫌ってなんか……」

「じゃあなに？　また意地悪されそうって警戒してる？　それとも、あの人を取られちゃうかもって心配？　大丈夫、もうあの人をどうこうしようなんて思っちゃいないからさ」

「え、そんなことは……」

もう滝沢を取られるかもとは思っていない。滝沢がいまは全力で優貴を大切にしてくれているのは肌で感じているからだ。

「あ、そうか。セックスのしすぎでぐだぐだになったところを見られたのが恥ずかしいのかな？」

そうだ、それもあった。

ずばりと言葉にされて優貴は顔が上げられなくなった。せめて声量を下げてほしかった。絶対に周囲の数人には「セックス」という単語が届いている。周りからの視線を感じて、優貴は一刻も早くここから立ち去りたくてたまらなくなった。

「まあね、あの日の君はなかなかに色っぽかったよ。一晩中泣かされて腰が立たなくなるなんて、かわいいね。喘《あえ》ぎ声だけを散々聞かされて、さすがに想像しちゃったよ……。こうして見ていると、あの人を夢中にさせるほどの性戯の持ち主には見えないんだよね。豹変《ひょうへん》するわけ？　どこかにスイッチがあるとか？」

「あの、あの……っ」

「君がどんな痴態をくりひろげたのか、ものすごく興味があるよ」

笑いながらそんな意地悪を言われて、優貴はおろおろと丼の中に視線をさ迷わせる。

どうしよう、どうやってこの場を切り抜ければいいのだろう？

「実を言うと、いまは君にものすごくそそられているんだ」

「えっ……」

思ってもいなかった言葉が耳に届き、優貴は顔を上げた。驚きのあまりぽかんとしている優貴に、向井は艶《あで》やかな笑みを捧《ささ》げてくる。

「ここで会ったのは偶然だと思ってる？」

「ち、違うんですか？」

「だいたいはここで昼食を取るのは本当だけど、こっちに向かう君を見かけたから後をつけて、偶然を装ったのが今日の出会いの真相。君にまた会いたいと、ずっと思っていたんだ」

まさか、まさか――と優貴は混乱した。向井が本当のことを言っているとは思えない。だって向井は滝沢とおなじようにより取り見取りで……って、だったらどうして滝沢が優貴を好きになってくれたのかと疑わなくてはならなくなるけど。

「どう？　あの人から俺に乗り換える気はない？」

つまり、滝沢と別れて向井と付き合えということか？　ありえない。そんなこと、絶対にありえない。優貴が滝沢にふられる可能性はあっても、その逆はないと断言できる。優貴の身も心も滝沢のものなのだ。

「君を寝取ったら、あの人がどんな顔をするのか、考えただけでわくわくしない？」

やっぱりそんなことだろうと思った。向井は目をキラキラさせて、ぐっと身を乗り出してきた。

「あの傲慢男《ごうまん》、大切にしている子猫ちゃんを盗られたとき、どんな醜態をさらすのかな」

「……そんなの見たくありません。それに、僕は特待生だから日吉さんを怒らせるようなこと……」

「なに言ってんの、特待生であることと恋人であることは別だよ。別れたからって特待生の資格を剥奪されたら、それこそパワハラじゃない。理事会にきちんと訴えれば大丈夫。任せて」

そもそも別れる気がないのだから、向井に任せるような事態にはならないと思う。優貴が呆《あき》れたため息をつくと、向井が嫌な感じにふっと目を眇《すが》めた。

「ねえ、ここでうんと言わなければ、理事長と特待生の不適切な関係を大声で暴露してもいいんだよ」

「な、なに……」

いきなり怖い脅しをかけてきて、優貴はさらに混乱した。

「授業料全額免除の特待生が、決定権を持つ理事長と深い関係にあるなんて、とんでもないスキャンダルだよね。わかってる？」

「たったいま、それとこれとは別だって、言ったじゃないですかっ」

「言ったけど、一般の学生を含んだ世間はどう思うかな。かなり怒るんじゃないの？」

「で、でも、僕と日吉さんがそうなったのは、特待生になったあとです。関係を迫られたりとか、言いなりにならないと資格を剝奪するとか、そういった言葉は一切なかったし、僕は最初から日吉さんのことが好きで……」

「君に邪心がないのは見ていてわかるさ。でもこの場合、肝心なのはほかの学生の感情でしょ。みんな、自由恋愛と解釈してくれる？」

優貴はにわかに怖くなってきて周囲を見渡した。いつのまにかランチタイムを過ぎていて、学食に残っている学生は少なくなっている。けれどその学生たちがみんな優貴たちの会話に聞き耳をたてているような気がしてぞっとした。

しかし脅されて縮こまっている場合ではない。滝沢と別れて向井と付き合うなんてできないのだから、なんとか逃げないと。

「証、証拠がないですよね。僕と、日吉さんがそうだっていう……」

「君って、あの人の家に居候させてもらっているんだろ？　肉体関係の証拠なんかなくたって、じゅうぶん疑わしいよ。しかも二人きりで正月に箱根へ旅行しているし。君が岩風呂《ぶろ》で暴行されかけたっていう事件は、しっかり警察沙汰《ざた》にもなっているから、地元のニュースで取り上げられちゃったんだよね。俺の実家にとっては痛手だったけど、君とあの人が特別な関係だっていう証明になるんじゃないのかな」

優貴はもう反論する材料が見当たらなくて、青くなるしかない。向井の説得力がどれほどのものなのかは判断できないが、優貴をやりこめるには十分な威力を持っていた。

「………でも、でも僕は、日吉さんと別れるなんて……っ」

「じゃあ、一回だけでいいからやらせてよ」

優貴は目の前が真っ暗になった。愛のないセックスなんて考えられない純粋な優貴だ。

「二時間でいいよ。君がどんなふうに男に抱かれるのか、見てみたい。悪いようにしないからさ」

悪いようにはしない？　すでにこの脅しがとっても悪い。

優貴は青くなりながら、ぶるぶると首を左右に振った。

「無、無理です……」

「君って、もしかしてあの人しか知らないの？　別の人に抱かれてみたら、なにか新しい発見があるかもよ。自分で言うのもなんだけど、俺は上手いよ」

「……向井さんは、日吉さんに抱かれていたんじゃないんですか？」

「ああ、俺はタチもネコもいけるから、大丈夫。君のこと、すごく優しく抱いてあげられる自信があるんだ」

なにを言ってものらくらと返してくる向井に、優貴はもうどうしていいかわからない。

「ね、一回二時間でいいからさ」

嫌です、と小さく拒絶したが、聞こえなかったように向井は「いつなら時間があいてる？」と携帯電話を取り出してスケジュールを確認しはじめた。

「そんなに重く考えることないって。気軽に遊ぼうよ。なにかに目覚めるかもしれないよ」

目覚めたくない……。優貴がどんよりと暗く俯《うつむ》いていると、学食の中の空気がざわっと動いたような気がした。なにかあったのかなと視線を上げて、ぎょっとする。

出入り口から滝沢が入ってきて、こちらに向かって歩いてくるのが見えた。

向井も異変を感じてか振り向き、滝沢を見つけてチッと舌打ちする。上品な向井には似合わない舌打ちに、優貴はちょっと驚いた。

滝沢は朝、屋敷を出ていったときと寸分違わないスーツ姿で、びしっときめている。背筋をぴんと伸ばし、まわりの興味津々の視線などおかまいなしに王者の風格で堂々と歩いてくると、優貴と向井がいるテーブルの前に仁王立ちになった。

「理事長サマが、学食になんの用ですか？」

向井が揶揄《やゆ》する口調でそう言ったが、滝沢はちらりと向井を見下ろしただけで、すぐに優貴へと視線を移した。

「終わったか」

「あ、はい」

優貴は反射的に返事をして立ち上がっていた。

終わったのは、食事なのか、それとも向井との話なのか、質問の内容を問い返す前に、優貴は返事をした。優貴にとってなによりも優先しなければならないのが滝沢だからだ。

「そうか。じゃあ、ここにはもう用事はないな」

滝沢が優貴の腕をぐいと摑《つか》んできた。そのままテーブルを離れるようにひっぱられる。向井が気色ばんだのも無理はない。ほとんど無視された状態だ。

「ちょっと、理事長。まだ話の途中なんですけど」

「こいつは終わったと言っている」

「私は終わっていません」

「おまえの聞きたくない話を最後まで聞かなければならない義理なんて、こいつにはないだろう」

すっぱりと切って捨てた滝沢は、優貴が窮地に陥っていたと察してくれたらしい。

「こいつにもう構うな。正月にそう言ったはずだ」

向井がなにか言い返そうとして口を開きかけたところに、滝沢は声のボリュームを下げてこう言った。

「いい子にしていろ、院生。おまえが大切にしている准教授をクビにしたいのか」

「…………なんのことです」

向井がすっと表情を消して能面のようになった。

「しらばっくれるのか。俺も舐《な》められたもんだな」

「立派な業績を残している若い研究者を大学から追放するつもりですか」

「追放するつもりはない。大学としても有益な研究は続けてほしいからな。だが理事会に、准教授と院生との不適切な関係をリークされたらどうなるか、想像つくだろうが。教授になれないまま飼い殺しにされたくなかったら、おとなしくしていろ。いいな」

向井はぐっと押し黙った。

いったいなんのことだと首を傾《かし》げた優貴は、「ほら、来い」と腕を引かれて学食から連れ出されてしまう。まわりの学生の視線が気になったが、滝沢に逆らわないのが優貴だ。理事長室まで従順についていった。

理事長室で二人きりになってからやっと、滝沢は手を放してくれた。

「金輪際、向井とは会うな」

尖《とが》った口調でそう命じられて、優貴は「はい」と頷《うなず》いた。できれば優貴も二度と会いたくない。まさかあんなふうに脅されて関係を迫られるとは思ってもいなかった。滝沢が来てくれなかったら、脅しに屈していたかもしれない。

「あの、僕が向井さんと学食にいるって知ってて来てくれたんですか？」

なんともタイミングよく現れた滝沢に、優貴は訊《たず》ねてみた。まさか千里眼か、と滝沢の超人的な能力を疑ったが、そうではなかった。

「野々垣《ののがき》が知らせてくれた。学食の外を通りかかったらしい」

滝沢はため息をつきながら応接セットのソファに座った。自分の隣のスペースをぽんぽんと軽く叩《たた》き、優貴に座るよう促してくる。いそいそと隣に座り、優貴は滝沢に凭《もた》れかかった。すぐに滝沢の腕が抱き寄せてきてくれて、安堵《あんど》感に目を閉じる。

さっきは本当に怖かった。滝沢が来てくれてよかった……。

「あいつになにを言われた？　まさか一回やらせろとか、迫られていたんじゃないだろうな」

ぎくっと肩を揺らしてしまったので、一瞬でバレた。滝沢の目が吊《つ》りあがったのを見て、優貴は自分が悪いわけでもないのに「ごめんなさい」と繰り返して涙目になる。

「なにがどうしてごめんなさいなんだ？　悪いのはあいつだろう。いくらなんでも学食で押し倒してくることはありえん。おまえがきっぱり断れば済む話だろう」

「……はい、そうなんですけど……」

正直にも言葉を濁してしまった優貴に、滝沢は冷たい目を向けてくる。氷のようなまなざしに、優貴はひぃと情けない声を上げた。

「おまえ、一回くらいならいいかと愚かなことを考えたんじゃないだろうな。そんなにあいつと浮気してみたいと思っていたのかっ」

「ちがいます、浮気なんて考えたこともありません。ただ、あの、僕と日吉さんの関係をバラすって脅されて、どうしていいかわからなくなっていたところだったんですぅ」

「なに？　脅された？　向井のくせに生意気な」

滝沢は虚空を睨《にら》みながら、優貴をさらにぎゅうぎゅうと抱きしめてくる。手加減なしで力を入れられて、優貴はかなり痛い思いをした。だがこれは愛情表現かおしおきかのどちらかなので、文句を言えない。

「軽く脅しておいて正解だったな」

「准教授がどうとかの話ですか？」

「あいつの本命は自分が所属している研究室の准教授らしい」

「えっ、そうだったんですか」

「野々垣が知っていた。あいつは諜報《ちょうほう》活動をやらせても有能だな」

「野々垣さん……」

有能すぎて怖いところがある。超人的な能力があるのは野々垣の方だ。

「向井が俺やおまえにちょっかいをかけてくるのは、単なる暇つぶしだ。もう会わないだろうが、もしなにか言ってきたとしても、本気で相手にするな」

「はい」

優貴は滝沢の命令をしっかりと心に刻み込んだ。向井への対処方法がはっきりしたことで、優貴はすこし心が軽くなった。

「優貴」

「はい？」

返事をした直後に、優貴の体がふわりと浮いた。あれ、と思ったときには、滝沢の膝《ひざ》に横座りしている体勢になっている。理事長室でこんな体勢になるのはひさしぶりだなと驚きながらも呑気《のんき》な感想を抱いていると、顎《あご》を取られて素早くキスをされていた。

「んっ？　んんっ？」

滝沢の腕は優貴をがっちりと拘束している。多少もがいても逃れられない。ねっとりと舌を遣われて、優貴はすぐに蕩《とろ》けてしまった。すべてを滝沢に委《ゆだ》ねて、濃厚なくちづけに夢中になってしまう。

「ん、ん……………っ」

シャツの前をはだけられ、滝沢の手に胸をまさぐられた。乳首を捏《こ》ねるように弄《いじ》られて、優貴はすぐ息があがってしまう。愛撫《あいぶ》に慣れた体はたやすく落ちる。痺《しび》れるような快感があっという間に体中に広がっていき、もっとと滝沢にしがみついた。

「優貴、おまえは俺だけを見ていればいい」

独占欲をしめされても、優貴はうれしいだけだ。

明るい理事長室で、二人は淫《みだ》らな行為に耽《ふけ》った。すでに午後の講議がはじまっている時間だったが、優貴はそんなことをすっかり忘れて、滝沢に溺《おぼ》れる。

大好き、大好き。

焼けるような熱に揺さぶられながら、優貴は幸せだった。

おわり

あとがき

こんにちは、はじめまして、名倉和希《なくらわき》です。このたびは拙作を手にとってくださって、ありがとうございます。

この「理事長様の子羊レシピ」は、二〇〇九年の小説リンクス8月号に掲載された「帝王の恋」に書き下ろしをプラスして一冊になっています。そのときの小説リンクスが暴君特集だったので、「すげぇ暴君」を目指しましたが、そこはやっぱり名倉和希ですからぬるいお話にしかならず……ただのバカップルが出来上がっただけでした。

理事長の滝沢《たきざわ》は優貴《ゆき》にメロメロなくせに素直になれないという、いい年してツンデレ……！　とんでもないオヤジです。書き下ろしではメロメロっぷりに拍車がかかり、まわりに迷惑をかけまくっています。昔の男が現れただけでうろたえるなんて、修行が足らない男だこと！　詰めが甘い。甘すぎる。

しかし、そんな滝沢を、おバカな優貴は許しちゃって「大好きです」なんて泣いちゃうわけですから、破れ鍋に綴じ蓋というヤツでしょうか。まあでも、こんな男にはぽやっとした優貴のような子がお似合いでしょう。いついつまでも、いちゃついていればいいと思います。

そのうち優貴が大学を卒業して社会人になったら、滝沢はアラフォー。アラサーあたりのぴちぴちした元気なリーマンなんかが優貴にちょっかいをかけるのを見て、額に青筋を立てそうです。年下の猪突猛進的な学生が優貴に迫るのもいいですね。どちらにしろ優貴は食べられる側なので、寄ってくるのは全員猛獣系だと思われます。唯一、秘書の野々垣《ののがき》だけは優貴の庇護者で、いわゆるお母さん的な存在になっていくでしょう。独身でキレ者と評判の男がお母さん？　笑えます。

今回のイラストは高峰《たかみね》顕《あきら》さんに描いていただきました。雑誌掲載時も高峰さんでしたが、かなり時間がたっているということで、すべてのイラストを描き下ろしてくださいました。大感謝です。オヤジツンデレの滝沢はすごく格好いいし、ぽやぽやの優貴はいじくりまわしたいくらいの可愛さです。

お忙しいところ、本当にありがとうございました。

さて、この本が世に出る頃は、年末です。さようなら二〇一二年、こんにちは二〇一三年。年末年始だろうが私はいつものようにＢＬ漬けだろうと簡単に想像できます。冬コミには参加しない予定なので、自宅でＢＬ原稿を書くかＢＬ小説を読むかＢＬマンガを読むかのどれかでしょう。全部かもしれません。

私は自他共に認める活字中毒です。活字がないと気力が湧かず、本に囲まれていないと意識が朦朧とします。いや冗談ではなく。なのでほぼ毎日、本を読んでいます。毎月の書籍代は二～三万円で、ひどい月は五～六万円も使ってしまいます。それらの九割がＢＬなんだから、ただの活字中毒ではなく、腐女子としても重症です。すでに腐乱し尽くして白骨化しているかもしれません。だれか私の骨を拾ってね…。娘が拾ってくれることを祈ります。

一度だけ池袋のイベントに連れていったことがある娘は無事に高校を卒業し、女子高生から女子大生にメタモルフォーゼしました。お母さんは学費と仕送りのやりくりが大変です…。ＢＬ原稿で稼いだ金が、娘の仕送り用口座でマネーロンダリング？　いやはや、奇妙な世の中になったものです。ありがたいことですが。

娘は山ほどのＢＬ本に囲まれて育ったにもかかわらず、腐女子にはなりませんでした。それだけが残念です。お友達の作家さんに指摘されたのですが、やはりＢＬを読むことには背徳感が欠かせないので、「さあどうぞ。いっぱい読んでもいいよ！」なんて差し出されたら、逆に萌えないのでは、と。それもそうかと、自分の十代の頃を振り返りました。確かに親に隠れて読んでいましたよ。読むだけでは飽き足らず、妄想をカタチにするべく夜中にこそこそと原稿を書き、「ひひひ」とか「ふふふ」とか一人で悦に入っていました。気持ちの悪い十代です。

腐女子にならなかった娘ですが、どうやらオヤジ好きという血は受け継いでいるらしく、そこは心配です。変なオッサンに掴まって、苦労しないでね。

ああ、やっと三ページ。今回のあとがきは四ページと指令が下りていまして、いったいなにを書けばいいのか、だらだらと娘のことなんかを綴ってしまいました。できれば二ページくらいにして欲しかったです。その鬼畜指令を下した担当さんには、毎回とってもお世話になっています。ありがとうございます。色々と。

来年もよろしくお願いします。誠意努力していきますので、見捨てないでくださいね。

名倉は細々とですが、ブログとツイッターをやっています。ツイッターではご飯のこととお風呂のことしか呟いていませんが、ブログでは新刊情報や同人誌の案内などをぼちぼちと更新していますので、興味のある方はペンネームで検索してみてください。同人誌は主に番外編などを書いています。

やっと四ページが埋まりそうです。ふぅ。

ここまでお付き合いしてくださって、ありがとうございました。

それではみなさん、よいお年を。

二〇一二年一二月　　名倉和希

LYNX ROMANCE

閉《と》ざされた初恋《はつこい》

名倉和希 illust. 緒田涼歌

898円
(本体価格855円)

両親の会社への融資と引き替えに、大企業を経営する桐山千春の愛人として引き取られた黒宮尋人。『十八歳までは純潔なままで』という約束のもと、尋人の生活は常に監視され、すでに三年が経っていた。そんな尋人の唯一の心の支えは、初恋の相手で洗練された大人の男、市之瀬雅志と月に一度だけ逢える事。今でも恋心を抱いている雅志から「絶対に君を救い出す」と告げられるが、愛人として身を捧げる日は迫っており――!?

LYNX ROMANCE

ラブ・トライアングル

名倉和希 illust. 亜樹良のりかず

898円
(本体価格855円)

優しく純粋な性格の矢野孝司は理髪店を営んでいる。店には近所に住む槙親子が通っており、孝司は探偵業を営む父親の嵩臣と、高校生の息子・克臣から日々口説かれ続けていた。ある時、突然現れたヤクザの従兄弟・大輔に店の土地を寄こせと脅される。以来、大輔からの嫌がらせが続くが、怯える孝司に槙親子は頼もしく力になってくれた。孝司は急速に槙親子に惹かれていくが、牽制し合う二人はどちらか一人を選べと迫ってきて!?

LYNX ROMANCE

恋《れん》愛《あい》記《き》憶《おく》証明《しょうめい》

名倉和希 illust. 水名瀬雅良

898円
(本体価格855円)

催眠療法によって記憶をなくした有紀彦の目の前には、数人の男。有紀彦は、今の恋人をもう一度好きになるためにわざと記憶をなくしたのだと教えられ、困惑する。その上、箱入り息子である有紀彦の自宅で、1ヶ月もの間恋人候補の三人の男たちと生活を共にするという。彼らから日々口説かれることになった有紀彦は、果たして誰を恋人に選ぶのか――!?感動のクライマックスが待ち受ける、ハートフルラブストーリー。

LYNX ROMANCE

徒花《あだばな》は炎《ほのお》の如《ごと》く

名倉和希 illust. 海老原由里

898円
(本体価格855円)

清廉な美貌を持ちながらも、一度キレると手がつけられなくなる瀧川夏樹。ヤクザの組長の嫡男である夏樹は、幼馴染みで隣の組の幹部・西丸欣二と身体を重ねることで、度々キレそうになる精神を抑えていた。他に女がいても、自分と離れなければいいと思っていた夏樹だが、ある日つきまとわれていた男・ヒデに、欣二との関係を周囲にバラすと脅されしまう。迷惑が掛かることを畏れた夏樹は、ヒデを抹殺しようとするが…。

LYNX ROMANCE

手《て》を伸《の》ばして触《ふ》れて

名倉和希　illust. 高座朗

898円
(本体価格855円)

両親が殺害され、自宅に火をつけられた事件によって視力を失ってしまった雪彦。事件は両親の心中として処理されてしまい、雪彦は保険金で小さな家を建て、静かに暮らしていた。そんなある日、図書館へ行く途中、歩道橋から落ちかけたところを、桐山という男に助けられる。その後も、何かと親切にされるうち雪彦は桐山に心を寄せ始める。しかし桐山は事件を調べていた記者として、雪彦に近づいてきていて…。

LYNX ROMANCE

レタスの王子様《おうじさま》

名倉和希　illust. 一馬友巳

898円
(本体価格855円)

会社員の章生とカフェでコックとして働く伸哉は同棲を始めたばかりの恋人同士。ラブラブな二人だが、章生には伸哉に言えない大きな秘密があった。実は、重度の偏食で伸哉が作るご飯が食べられないのだ。同棲前は何とかごまかしていたが、毎日自分のためにお弁当を作ってくれる伸哉に、章生は心を痛めていた。しかも、同僚の三輪に毎日お弁当を食べてもらっていた章生の様子に、伸哉は何かを隠していると、疑い始めてしまい…。

LYNX ROMANCE

暁《あかつき》に濡《ぬ》れる月《つき》 上

和泉桂　illust. 円陣闇丸

898円
(本体価格855円)

戦争で家族と引き裂かれた泰貴は美しい容姿と肉体を武器に生き延び、母の実家・清澗寺家にたどり着く。当主・和貴の息子として育った双子の兄・弘貴と再会した泰貴は、己と正反対に純真無垢な弘貴に激した憎悪を抱く。心とは裏腹に快楽を求める肉体――清澗寺の呪われた血を嫌う一方で、泰貴は兄を陥れて家を手に入れる計画を進めていく。そんな中で家庭教師・藤城の優しさに触れ、泰貴は彼を慕うようになるが…。

LYNX ROMANCE

いとしさの結晶《けっしょう》

きたざわ尋子　illust. 青井秋

898円
(本体価格855円)

かつて事故に遭い、記憶を失ってしまった着物デザイナーの志信は、契約先の担当である保科と恋に落ち恋人となる。しかし記憶を失う前はミヤという男のことが好きだったのを思い出した志信は別れようとするが保科は認めず、未だに恋人同士のような関係を続けていた。今では俳優として有名になったミヤを見る度、不機嫌になる保科に呆れ、自分がもう会うこともないと思っていた志信。だが、ある日個展に出席することになり…。

初出
理事長様の子羊レシピ ―――――――――― 2009年 小説リンクス8月号を加筆修正の上改題
愛と苦悩の温泉レシピ ―――――――――― 書き下ろし
子羊の学食レシピ ―――――――――― 書き下ろし

この本を読んでの
ご意見・ご感想を
お寄せ下さい。

〒151-0051
東京都渋谷区千駄ヶ谷4-9-7
(株)幻冬舎コミックス　リンクス編集部
「名倉和希《なくらわき》先生」係／「高峰《たかみね》 顕《あきら》先生」係

リンクス ロマンス

理事長様の子羊レシピ

2012年12月31日　第1刷発行

著者……………名倉和希《なくらわき》
発行人…………伊藤嘉彦
発行元…………株式会社　幻冬舎コミックス
〒151-0051　東京都渋谷区千駄ヶ谷4-9-7
TEL 03-5411-6434（編集）
発売元…………株式会社　幻冬舎
〒151-0051　東京都渋谷区千駄ヶ谷4-9-7
TEL 03-5411-6222（営業）
振替00120-8-767643
印刷・製本所…共同印刷株式会社
検印廃止

ISBN978-4-344-82698-4 C0293
Printed in Japan

幻冬舎コミックスホームページ　http://www.gentosha-comics.net